UN DÎNER EN MUSIQUE

莫扎特，请入席

〔法〕米歇尔·波尔图、娜塔莉·克拉夫特 著
埃尔维·勒菲弗尔 摄 田晶 译

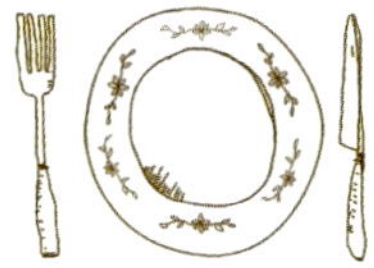

天津出版传媒集团
百花文艺出版社

新经典文化股份有限公司
www.readinglife.com
出　品

献给布里吉特·昂热雷，

一位过早离世的钢琴魔术师

前 言

这本书的主旨，是以十位作曲家的饮食习惯和烹饪癖好为灵感，编写食谱。编写食谱,而不是做不可能的尝试,复原它们当年的风格,像萨尔茨堡[1] 投机取巧的商贩那样，向天真的游客们兜售莫扎特那个时代的菜单。

在我看来，虽然音乐与美食并无关联，作曲家们却与为他们提供养料的食物密不可分，原因很简单：他们也是人。因此，通过这些人的信件和留传下来的其他文字来探索他们的品味和饮食习惯，无异于打开一扇大门，直通他们生命中最日常和熟悉的空间。仿佛跳出他们命运的范畴，转身进入厨房，在必要的变通之后，从一个至今鲜有描绘的侧面去观察他们。

满腹美食传记故事的星级大厨米歇尔·波尔图也是个音乐迷，

① Salzburg，奥地利北部城市，莫扎特出生和成长的地方。

他围绕着巴赫、莫扎特、贝多芬、舒伯特、罗西尼、肖邦、威尔第、穆索尔斯基、萨蒂、杜蒂耶这几位作曲家创造了三十份食谱，以自己的方式重新诠释了莫扎特孩童时最爱的菜肴土豆鸡肝肉丸、颇受贝多芬的味蕾青睐的烤生蚝，以及乔治·桑为肖邦烹制的甜味马铃薯面疙瘩……而肖邦自己则尤其喜欢做馅饼，他简直为此疯狂。

是不是他在儿时就曾听过那个巨大的馅饼的故事？1454 年，那个突然从巨大的馅饼里出现的由二十八位音乐家组成的乐团很可能在盛大的宫廷酒宴上演奏了吉尔·德班舒瓦和纪尧姆·迪费[1]的几支曲子。所以，当勃艮第公爵在法国里尔举办这场“雉鸡盛宴”以达到政治结盟的目的之时，一个美食家乐迷的幻想也终于照进了现实。据说，罗西尼也曾非常喜爱这个富于管弦乐色彩的馅饼，他将《小庄严弥撒曲》创作成两部分，就是为了能在幕间休息时用晚餐。幕间休息……下面我就请米歇尔·勃朗发言，他不仅是演员、编剧、导演，还是公认的音乐行家和美食家。

娜塔莉·克拉夫特

①二人同为 15 世纪著名作曲家，勃艮第乐派的代表人物，都曾在菲利普公爵的宫廷内任职。

序

亲爱的娜塔莉:

您邀我为本书写几句话，我感到受宠若惊。音乐与美食结合，真可谓一份漂亮的菜单!

很多天才作曲家都曾对顶级钢琴品牌普莱耶尔（Pleyel）以外的“piano”[①]着过迷。我发现，我家街角的那间极好的意大利餐厅曾是亨利・杜蒂耶和他的朋友埃里克・唐吉最爱的聚会之所。两位作曲家在享用意式开胃菜和奶油培根意面的过程中琢磨音乐，这是多美的画面啊!

只是有一个小问题:边吃晚餐边讨论刚刚欣赏过的音乐会，的确是件美妙的事，但在满口食物的状态下听比才，可就太不礼貌了。在大多数餐厅里，客人们都必须忍受源源不断的解压音乐，实在令

① piano 一词在法语中除了“钢琴”还有“厨房中的炉灶”之意,此处一语双关。

人非常不快。“如果我们不放这些乐曲，餐桌边的一对对情侣就无话可说”，小饭馆的老板会如此回答你，亲爱的娜塔莉。照这么说，多亏了《阿兰费兹协奏曲》，那么多的离婚才得以避免！

地毯一般的背景音乐有若干种。简单来说，有工薪阶层的小酒吧里放的广播，中产阶级餐厅里的时髦混合电子乐，还有自命不凡的高级旅馆里所谓的“古典乐”。米其林两个叉匙以下的餐厅里播放的是电子合成器弹出的《四季》。评上星级的餐厅，自然是星数越多，档次就越高。我们在这些地方总是伴着格鲁克的音乐咀嚼，随着珀塞尔的曲子吞咽，基本上无可逃避。

当然，您会回击我说：“那么路易十四呢，他那时难道也感到不快吗？”的确，君王们的贪食景象总伴随着大量的餐桌音乐[①]。但我个人认为，这些佐餐乐曲并不是最杰出的创作，而且君王们大多与外国女子结婚，二人之间交谈有限，因此得想办法把沉默的时间填满。于是，为了确保皇室家族的和谐，泰勒曼、德拉兰德等作曲家和他们的前辈，都必须创作一些沙发音乐[②]（这还是欧洲的错！）……说实话，几个世纪之后边吃“咬先生”[③]边听法国国际广播电台的音乐

① Tafelmusik，源自德语，意为餐桌音乐或宴席音乐，是巴洛克时期的一种重要音乐体裁。

② lounge music，一类令人放松的舒缓音乐，流行于 20 世纪五六十年代。

③ Croque-Monsieur，一种在法国家喻户晓的简易三明治。

广播，还真是证明了攻占巴士底狱的合理性。

既然仿佛无法逃脱这种诅咒，那么亲爱的娜塔莉，请允许我提一个建议：为什么不创造一种叫“侍音师”的职业呢？与侍酒师异曲同工，只不过他是在音乐方面给您出谋划策。比如，他可以向您推荐康塔塔套曲，与牛杂碎非常配。

侍音师：“夫人点的鞑靼鲷鱼和小龙虾，我们可以考虑搭配一曲比较清新的莫扎特作品，比如他早期创作的回旋曲……”

客人：“嗯……我之前想的是《科里奥兰序曲》……”

侍音师：“与鱼类相配的话，我不推荐贝多芬……”

客人：“您是这么认为的……”

侍音师：“是的，夫人。余音过于悠长。总的来说，贝多芬会压倒海鲜的味道。您先生点了一份芦笋。众所周知，没有什么音乐能很好地跟芦笋搭配。因此我给您先生的建议是，享用头盘时配片刻宁静。如果一定要配点什么的话，可以来点河水的淙淙声。”

客人：“我信任您。”

侍音师：“对于夫人点的松露和鸡油菌，我们有来自普朗克的一段《加尔默罗会修女的对话》，非常好。同时，您先生点的是皇家野兔肉，我认为《魔弹射手》会是不错的选择。”

客人："韦伯的音乐让我有些厌倦……您有没有更有助于消化的呢？比如，一曲威尔第？"

侍音者："我们有非常不错的《命运之力》，如果您先生喜欢的话。这首曲子的活力肯定能给野兔肉提味。甜点方面，您二位点了两份蛋奶酥，对吧？我推荐一段略带甜味的雷纳尔多·哈恩……音乐中的烈酒味道能很好地衬托巧克力的苦味……"

客人："非常好。"

侍音师："谢谢您。在开胃小点上桌前，要不要来杯开胃酒？配上莱哈尔出色的轻歌剧作品《快乐的寡妇》怎么样？"

客人："今天毕竟是你的生日啊，亲爱的……就来两份《快乐的寡妇》吧。谢谢。"

就是这样，亲爱的娜塔莉。

我拥抱您，同时祝您的读者"尝得尽兴"。

米歇尔·布朗

共进晚餐

与约翰·塞巴斯蒂安·巴赫

（1685-1750）

双手伸入面粉，头脑靠近星辰，音乐世家巴赫家族与面缸有着不解之缘，而这个家族中诞生的第二十四位杰出的音乐家就是著名的约翰·塞巴斯蒂安·巴赫。巴赫家族中第一个出名的人物维特·巴赫是个面包师，而且是个有些与众不同的面包师：他伴着音乐揉面，还一边磨小麦，一边拨弄弦乐器。就像他的玄孙约翰·塞巴斯蒂安在撰写家谱时描绘的那样："维特非常喜欢在去磨坊时随身携带希特琴，边磨粉边弹奏。（这两者结合，声音想必妙不可言！）可以说，这就是他的子孙热爱音乐的源头。"所以，我们能拥有约翰·塞巴斯蒂安·巴赫这样的大师，应当归功于面包这种基本食物，而他本人也是位无人不晓的奠基性作曲家，抚慰了所有对音乐充满饥饿的灵魂。

这位音乐家爱好美味佳肴，受邀时总会欣然赴宴。温热芦笋沙拉、梭鲈鱼配凤尾鱼黄油酱汁、樱桃、柠檬……他都一一品尝过，甚至还尝过当时尚未征服法国的土豆。而已经赢得了德国人喜爱的咖啡，也深深吸引着他。彼时，作为莱比锡圣托马斯教堂的唱诗班领唱，蜚声欧洲的巴赫在齐默尔咖啡屋古乐团的花园中以一曲《咖啡清唱剧》向这种饮料致敬，轻快的乐声有如夏日之夜。

温热芦笋沙拉，蔬菜香醋酱汁

四人份所需原料

芦笋24根　龙蒿1枝　莴苣1根　罗勒叶几片　小红萝卜1捆　香菜2捆　巴纽尔斯醋1汤匙　洋茴香2根　橄榄油3汤匙　大蒜1头

在加盐的沸水中，将芦笋浸煮7～8分钟（最好每七八根芦笋用绳子绑成一捆）备用。将莴苣洗净，沿竖直方向切成四块。将小红萝卜切成薄片。浸入冰水中几分钟，使其口感脆爽。

制作香醋酱汁：

将大蒜和各种香草磨碎，加巴纽尔斯醋搅拌，最后再加适量盐、胡椒及橄榄油调味。

摆盘

将尚温热的芦笋摆入盘中，加入莴苣和小红萝卜薄片。

浇上几小勺香醋酱汁，整体调味。

小贴士

可将煮过的芦笋浸入冰水过凉后做成冷沙拉，这样芦笋更脆，颜色也更好看。用这种方法制作的酱汁只能在几分钟内保持鲜艳的绿色，但之后味道会更浓郁。

梭鲈鱼脊肉，凤尾鱼黄油酱汁、烩豌豆

四人份所需原料

一条约 1.5 千克的梭鲈鱼　大蒜 1 头　新鲜豌豆 1 千克　黄油 50 克　凤尾鱼 200 克　奶油 200 毫升　洋葱 1 个　橄榄油 1 汤匙　青葱 1 根　柠檬 1 个　高汤 1.5 升

将豌豆剥好，放入加盐的沸水中煮 5 分钟。后放入冰水中冷却，以保持颜色鲜艳。

将切片后的洋葱用黄油煸炒，在洋葱变黄前加入大蒜和高汤，中火慢煮 10 分钟，放入豌豆。

在平底锅中用橄榄油和黄油煎梭鲈鱼，加盐和胡椒调味备用。

制作凤尾鱼黄油酱汁：

用少量橄榄油煸炒凤尾鱼，放入少许蒜末、柠檬汁、黄油和奶油，烧至沸腾。此时一边搅拌，一边将锅从火上取下。最后放入盐和胡椒调味。

摆盘

将准备好的豌豆倒入一个深口盘中。

将梭鲈鱼放在中间位置。

在鱼肉上浇一层凤尾鱼黄油酱汁，周围饰以切成小块的凤尾鱼

和青葱片。

小贴士

巴赫吃这道菜时用的是梭鱼，这里换成了梭鲈鱼，也可以替换为鲈鱼、鲷鱼等。原菜谱里的鲜凤尾鱼也被换成了我比较喜欢的西班牙醋渍凤尾鱼，它并不是用盐腌过的小鱼，而是用醋和橄榄油浸渍而成的美味食品。

奶油柠檬挞，烤蛋白脆片

四人份所需原料

油酥挞皮：黄油 125 克　鸡蛋 1 个　面粉 250 克　糖 100 克　盐

柠檬糊：黄油 40 克　玉米粉 30 克　蛋黄 3 个　鲜奶油 150 克　柠檬 3 个　奶油夹心烤蛋白（可在面包店购买）　水 250 克　糖 150 克

制作油酥挞皮：

将面粉、糖与软化的黄油混合，放入 1 个鸡蛋和一小撮盐，做成面团。让面团饧发两小时。

制作柠檬糊：

在不锈钢半球型器皿中，放入糖和蛋黄，搅拌至颜色变白。加入 50 毫升水进一步搅拌。

将柠檬皮削成碎屑，柠檬榨汁。

在搅好的糖和蛋黄中加入玉米粉、柠檬汁，以及 200 毫升水，同时放入部分柠檬皮碎屑。将这些混合物加热至沸腾，注意要不停地搅拌。煮沸后将其从火上取下，加入黄油。

将面团平铺在挞模内，用叉子在挞皮上均匀地戳出小洞，之后将其放入 150 度的烤箱中烤 15 分钟。

将一部分柠檬糊倒在挞皮上，再次放入烤箱，以 60 度的温度烘烤 5 ~ 6 分钟。

最后将余下的柠檬糊和鲜奶油制成尚蒂伊奶油。

摆盘

将柠檬挞平均切为 4 块或 8 块。

在每一块上，放一勺漂亮的柠檬味尚蒂伊奶油和几片烤蛋白脆片。

最后将柠檬皮碎屑点缀在盘中。

小贴士

巴赫当年非常喜欢柠檬和糖渍柠檬皮，为何不在食谱中或水果挞上加上这一笔呢？

旺盛的胃口

巴赫性情强悍，生了二十个孩子，胃口也相当旺盛。他喜欢富含能量又让人有饱腹感的食物，每次收到名流显贵赠予的野味都很高兴。我们无从知晓他的妻子安娜·玛格达琳娜在家中会给他准备哪些吃食，但却知道德国哈雷的贵族们招待他的一顿美餐菜单——那一天，巴赫与他的音乐家朋友库瑙和罗勒一道，鉴定了城中大教堂里的大管风琴。

一份了不起的菜单

为庆祝新管风琴的验收，尊贵的教堂委员会提供的晚餐菜单。哈雷，1716 年 5 月 3 日：

一份红酒炖牛肉

梭鱼配凤尾鱼黄油酱汁

一个豌豆拼盘

一个土豆拼盘

两个菠菜和菊苣拼盘

一块烤羊肉

一份烤小牛肉

煮笋瓜

温热芦笋沙拉

莴苣

小萝卜

带馅儿的油炸糕点

糖渍柠檬皮

樱桃罐头

新鲜黄油

哈雷的菜单非常了不起：这一连串菜肴无条理的登场，恰好表明了巴赫时代存在哪些食材，以及当时的人们采用何种方式烹饪这些食材。于是我们了解到，巴赫吃到了土豆，而这对于同一时代的法国作曲家弗朗索瓦·库普兰来说是不可能的，因为那时帕芒蒂耶尚未将土豆引入法国。同时，我们还知道，巴赫品尝了做成沙拉的热芦笋（用的是什么酱汁呢？）和脆甜可口的糖渍柠檬皮。而且在他面前的餐桌上，还有一份新鲜黄油：这在当时可是一种奢侈的享受。

一份酒单

巴赫身上可丝毫没有苦行僧的特质，虽然一些伪君子总是在演奏他的音乐时摆出一副严肃的面孔。菲利普·博桑[1]打趣说，“Bacchus”[2]正是巴赫这个名字的拉丁语译文。约翰·塞巴斯蒂安喜欢觥筹交错的宴席。他喜欢酒，无论是甜酒、烈酒、啤酒、烧酒，还是苹果酒。他的侄子约翰·埃利亚斯送给他“一瓶卓越的烈酒”，并恳切地请求自己的姐姐准备一定分量的甜酒，通过马车运送给他，“因为我特别想让我们的表亲先生开心”。巴赫对这些礼物珍视有加，并为获赠的“这一小桶宝贵的酒”表示感谢。但他补充道:“很遗憾的是，这桶酒受了不少罪，要么是在运输途中受到颠簸，要么就是其他原因。开瓶后，我发现它空了三分之二。毕竟，这来自上帝的高贵馈赠哪怕失掉一滴，也是非常可惜的。”

①法国小说家兼巴洛克音乐专家。

②古罗马神话中的酒神巴克斯。

嗜好咖啡的人

巴赫很喜爱咖啡，每天都要喝上三杯。在莱比锡的齐默尔咖啡屋，每个周五的晚上（大市集期间还要再加上周二），他都要指导由他的朋友泰勒曼创建的大学音乐社演奏音乐。巴赫为这个不受任何教条束缚的学生乐团创作了《咖啡清唱剧》，于 1734 年首次公演。

《咖啡清唱剧》是由一位讲述者讲述了一个年轻姑娘与她年迈守旧的父亲的故事。当父亲逼迫她在咖啡和未婚夫之间做出选择时，年轻姑娘坚持保留贪恋美食的权利：她两样都要，而且一视同仁。

关于鲱鱼头的传说

巴赫小的时候，总是饥肠辘辘。甚至看到从小酒馆打开的窗子里扔出的鲱鱼头，他也会扑过去捡起来。这么做还真是对的：鱼头里有几枚钱币，足够他给自己买一块烤肉。有位名叫马尔普格的学者把这则轶事写进了《几位音乐圣贤的传说》，想以此证明坚持不懈的人总会得到回报。然而对于我们来说，这个故事只是告诉我们鲱鱼在十八世纪初是常用的食材，而鲱鱼头没有任何价值，甚至不能用来做汤。此外还有，约翰·塞巴斯蒂安很喜欢吃烤肉。

《哥德堡变奏曲》中的一棵白菜

《哥德堡变奏曲》的第三十变奏，也是最后一段变奏，是一首“集腋曲”（即随意而为的即兴演奏）。这是一种将数段民歌混合成一首曲子的音乐形式。在这段变奏中，我们能听到一些巴赫从当时的流行歌曲中借取的旋律元素。

其中的一首唱的是爱情，另一首则提到以萝卜和白菜为原料的糟糕食物致使一个儿子远离了母亲的家。他唱道：“如果妈妈给我做些肉该有多好。”是的，巴赫喜欢美味佳肴，以至于将蔬菜引入了这部由一首咏叹调和三十支变奏曲组成的卓越作品中。

《咖啡清唱剧》

（第一段）

啊！咖啡的滋味是如此甜美！

比情人的一千个亲吻还可爱，

比麝香葡萄酒还要甘甜香醇。

咖啡，我需要我的咖啡，

谁想讨我欢心，

就为我倒些咖啡吧！

《哥德堡变奏曲》

（第三十变奏）

总是萝卜，总是白菜，

这就是我逃跑的原因。

如果妈妈给我做些肉该有多好，

我便不会如此想要离开这个家。

为何我不是猎人！

我会买三把漂亮的步枪，

三把漂亮的步枪，和一条狗，

还有一个珠圆玉润的漂亮姑娘。

……

与沃尔夫冈·阿马德乌斯·莫扎特

（1756－1791）

孩童时代，总在旅行途中的沃尔夫冈就吃遍了整个欧洲。他品尝过各国的食物，意大利的、法国的、捷克的、英国的、荷兰的，就像他在不同的地方会用不同的语言写字那样。从那时起，萨尔茨堡美食的滋味就在他的味觉记忆中形成了一种乡愁的沉淀。曾几何时，在他的故乡，吃饭是那么容易的一件事，并且饭菜很合他的胃口；而如今，漂泊不定的旅行使食物变得既不友好，又充满不确定性：他永远不确定能否在命运指引下走进的小旅馆里找到吃食，也永远不确定是否会喜欢其他地方的盘中餐，譬如在伦敦、米兰、维也纳和巴黎，这些他时常居住数月的城市。

其实，他的口味非常简单。最令他着迷的是孩童时代常吃的土豆鸡肝肉丸，以及牛肉和小牛肉——他住在维也纳时，父亲常从萨尔茨堡寄给他。对于吃,他唯一的要求就是要丰盛,因为他总是很饿。2013 年的诺贝尔医学奖获得者、声称梦想与莫扎特共进晚餐的托马斯·聚德霍夫，请您务必考虑到这一点。

土豆鸡肝肉丸，配蔬菜浓汤

四人份所需原料

胡萝卜 2 根　黄油 80 克　洋葱 1 个　鸡肝 100 克　芹菜梗 1 块　平叶欧芹半束　芹菜枝叶 1 条　红辣椒粉 1 汤匙　土豆 1 个　肉肠或鱼肠 2 根（可在商店购买）　西葫芦 1 个　白吐司 50 克　小洋葱 1 个　牛奶 100 毫升　高汤 1.5 升　白兰地 5 毫升

制作蔬菜汤：

将胡萝卜、洋葱、芹菜梗、芹菜枝叶、土豆和西葫芦切成小片，倒入高汤中，中火慢煮 1 小时。即将结束时，加入黄油搅拌均匀。

制作土豆鸡肝肉丸：

将肉肠切块，放入不锈钢搅拌碗中，并倒入已在白兰地中解冻并炒好的鸡肝，加以混合。放入浸过牛奶的白吐司（注意将面包中的牛奶沥干）、切成薄片的小洋葱、捣碎的欧芹，以及红辣椒粉。将这些原料搅拌均匀并揉成团，捏出直径 5 厘米的丸子。

最后将肉丸放入 180 度的烤箱中，烤 10 分钟即可。

摆盘

将热蔬菜汤倒入深口盘中，再将烤好的肉丸精心摆放在盘中。

小贴士

也可以将肉丸表面滚上一层面包屑再放入烤箱，为其增添一丝松脆的口感。

嫩煎小牛舌，刺山柑花蕾风味番茄酱

四人份所需原料

小牛舌 2 块　珍珠洋葱 100 克　胡萝卜 2 根　龙蒿 1 小捆　洋葱 2 个　西红柿 1 千克　用来调味的丁香花苞 1 个　浓缩番茄酱 1 咖啡匙　大蒜 1 头　刺山柑花蕾 2 汤匙　橄榄油、埃斯普莱特辣椒粉、黄油、酒醋　百里香、月桂叶、盐、糖、胡椒

将 2 块小牛舌放入平底锅中烫煮（冷水下锅），在沸腾状态下煮 5 分钟。把水倒掉，在锅中重新倒入冷水，并放入用来增加香味的配料（1 根胡萝卜、1 个洋葱、1/2 头大蒜、百里香、月桂叶）。中火慢煮 40 分钟。将小牛舌取出，趁热撕去牛舌皮备用。

制作番茄酱：

将西红柿去皮，切成两半并去籽。用橄榄油煸炒胡萝卜、洋葱、大蒜、百里香和月桂叶。

放入切成小块的西红柿，倒入浓缩番茄酱并加水至浸泡蔬菜一半的高度。加糖，用文火煨炖 30 分钟。将煮好的原料用搅拌机绞碎。最后放入盐和胡椒调味即可。

将珍珠洋葱去皮，放入水、黄油和酒醋中烧煮。烧煮结束时应保留爽脆的口感。

摆盘

将牛舌切片，用一点橄榄油和黄油略微煎至金黄色，随后摆放在盘中。

在不锈钢搅拌碗中倒入烧煮好的珍珠洋葱、龙蒿和刺山柑花蕾，拌匀后将混合物放在牛舌上。

在牛舌旁边放一勺番茄酱，并在上面洒一点埃斯普莱特辣椒粉。

小贴士

分两次烧煮牛舌能最大程度地去除杂质，也许还能为我们留下煮肉汤。

香草－草莓味意式奶冻

四人份所需原料

牛奶 1/2 升　　糖 180 克　　鲜奶油 1/2 升　　草莓 1 千克　　香草荚 2～3 支　　片状明胶 5 张

将牛奶、鲜奶油、糖和香草加热，直至沸腾。

将片状明胶放入冷水中，使其变软后，放入刚才煮好的热腾腾的牛奶里。

将 500 克草莓搅碎制成果泥，之后根据草莓的酸甜度加入适量的糖调味。

摆盘

在小干酪蛋糕杯中倒入草莓果泥并放入冰柜，待果泥凝结后，倒入温热的煮牛奶，放入冰箱以使其凝固。我们可以将这几个步骤重复几次，这样会做出照片中的效果。

在杯顶放一些切好的草莓块，将给甜品带来清新爽脆的口感。接下来就可以津津有味地品尝了！

小贴士

可以把草莓换成其他应季水果。总之，这是一道新鲜清淡的甜品。

一位馋嘴的音乐家

沃尔夫冈很小的时候就被祖父列奥波德·莫扎特引入宫廷献艺，并被介绍给了全欧洲的音乐界名流。他的足迹遍布欧洲大陆，所到国家的不同食物有时令他欣喜陶醉，有时也让他反感厌恶。

在巴黎，他很爱慢慢品尝皇家宫殿拱廊下那家咖啡馆里的冰淇淋，还喜欢一种名叫“乐趣”的夹心饼干。然而，他和他的父母一样，憎恶法国食物。他的母亲曾这样描述在熟食店购买到的食品：“非常糟糕的肉，令人作呕的汤，像石头一样硬的鹅肝。”他的父亲则抱怨没有找到任何一样符合他们心意的吃食。

在意大利，他品尝过“最好的无花果、甜瓜和桃子”，并结识了一种奇妙的水果。“我们吃到了一种我从前只在画上见过的水果，它的味道就像黄瓜，”列奥波德向他的妻子描述道，“这是一种圆形的大水果，果皮是绿色的。但当它被打开切成两半时，特别好看，因为里面是红色的。人们是蘸着糖和桂皮粉吃它的。”这是什么？是个西瓜。但在那不勒斯，食物仿佛并不能让莫扎特满足。“食物丰盛的日子里，比如忏悔节时，我们的晚餐是半只鸡或一小块烤肉，但食物贫乏的日子就只吃一条小鱼。”他在给姐姐娜奈尔的信中这样写过。

在比利时的列日,他和他的父亲非常欣喜地在客栈里发现了“荷兰式晚餐:小锅中煮着的不仅有肉，还有胡萝卜和各种各样的东西”。有时，他会站着吃“炖汤里的几块蔬菜和肉”，或是“罐装的小牛肉(熏制的、风干的，或腌制的)”。

童年的味道

莫扎特最喜爱的莫过于萨尔茨堡菜，这是他童年的食物。他最爱的一道菜是故乡的特色菜——“土豆鸡肝肉丸”。住在维也纳时，他请求自己的家人和朋友给他邮寄萨尔茨堡的美食。

对童年味道的喜好还体现在他对甜食的本能欲望上。比如，他酷爱柠檬汁(那个时代的一种奢侈品)、杏仁牛奶、各种糖果，以及冰淇淋。但他从没有吃过“莫扎特巧克力”，因为这种在萨尔茨堡出售的著名的开心果夹心巧克力球，是由甜点师保罗·菲尔斯特在1890年发明的。其时，他已经故去很久了。

即使成年以后也充满孩子气的沃尔夫冈会拿一切开玩笑，其中自然也包括食物。于是，萨尔茨堡一间咖啡馆的主人斯泰格尔在他口中就变成了“咖啡味菜汤、发霉柠檬汁、没有杏仁的杏仁牛奶，尤其是填满冰块的草莓冰淇淋老板”。

他拿一个名字叫“施迈茨”（该词在德语中意为油脂）的银行经理打趣，表达了他的遗憾：“黄油先生对我是如此冷酷无情。他把一封给牛奶先生的信寄给了我，里面还包含一张给奶酪先生的五十荷兰盾的汇票。”他还向他的母亲郑重声明：“母亲大人，我很喜欢黄油。”

“胃里有了点儿空气”

莫扎特“胃口特别好”，而且不时会“胃里有了点儿空气”——他就是这样描述自己肚子空了的状况的。“我饿了”，他在给姐姐的信中经常这样写。歌剧《唐·乔万尼》里那个刚偷吃完山鸡就鼓着双腮放声歌唱的仆人雷波雷诺，会不会就是莫扎特本人呢？

但说莫扎特是讲究的美食家，不如说他是个大贪吃鬼。因为他很少关注自己吃的是什么。他称自己婚宴上的菜肴如皇室般奢华，但描述却是这样简单：“我们的整个结婚盛宴都是冯·沃尔德斯塔腾男爵夫人赠予的。”他在给父亲的信中写道：“这实在是超过了男爵的等级，堪比皇室水准啊。”

他极喜欢吃阉鸡，以至于列奥波德会用禽肉作为诱饵，吸引他回家。祖父在给他的信中写道："阉鸡在等着你呢，我们提前买好了，为你的归来做准备。"

他爱吃的鲟鱼，那时还能在多瑙河中捕到。根据他的儿子弗朗茨・克萨韦尔的回忆，莫扎特也喜欢吃鳟鱼、牛肉配"辣芥末酱"、牛舌、山鸡，以及猪排（就如《唐・乔万尼》中唱出的，"多么美妙的味道啊！"）。

咖啡馆的约会

在萨尔茨堡，莫扎特一家和海顿一样，都是圣彼得餐厅的常客。据说这是欧洲最古老的餐厅之一。"爸爸在圣彼得吃了午餐，并且演奏了音乐。"娜奈尔在日记中留下了这样的记录。今天，这间餐厅为客人提供音乐会晚餐，以此向莫扎特致敬。

在斯泰格尔（就是发霉柠檬汁老板）的咖啡馆，莫扎特曾品尝各种"异域风情的饮料"，比如他非常喜爱的咖啡、巧克力和茶。他吃早餐时总要喝咖啡，而他的父亲对此充满警惕，命令他改变习惯，转喝茶叶。

在维也纳，他住在一家由约瑟夫·迪纳尔经营的小酒店旁边。这位酒店老板后来成了他的朋友，常为他烹饪菜肴并带去咖啡。“我让约瑟夫去给我弄点咖啡来，我边喝咖啡，边抽了一会儿极好的烟；然后，为斯塔德勒[①] 的回旋曲谱好了曲（《单簧管协奏曲》第三乐章）。”

唐·乔万尼的酒

葡萄酒、啤酒、潘趣酒和香槟酒大量地出现在莫扎特的书信间，也流淌在他的作品中。他在姐姐娜奈尔过生日时送给她一瓶潘趣酒，并为她写了一首诗。歌唱剧《吃、喝》赞颂的是霞多丽葡萄酒，而歌剧《唐·乔万尼》中则处处可见噼啪作响的香槟酒。不止如此，在最后一幕中，生性风流的唐璜设宴邀请骑士长共进晚餐，等待骑士长到来之时还不忘让仆人雷波雷诺给自己倒酒，“来斟上一杯玛泽米诺酒吧！”

玛泽米诺酒的确存在：这个葡萄品种如今种植在威尼斯北部的特伦蒂诺地区。

---

①莫扎特的好友，单簧管大师安东·斯塔德勒。

再次回到故事中：几秒钟后，骑士长到来，唐璜将死，死时还喝着玛泽米诺酒。您也能在意大利的“葡萄酒专线列车”上买到这款酒，火车线路蜿蜒地连接着科内利亚诺和瓦尔多比亚德尼……沉醉的列车。

潘趣酒诗

最美的祝福

配上陈酿潘趣！

我今天出门时并未让你会意，

现在终于能将原因告之于你，

那是为给你带去小小的欣喜。

不顾花销、辛劳或费力。

我固然不知，这潘趣能否遂你心意，

哦，请不要说，它的酒香不够馥郁；

我原以为：你喜欢英国酒。

若你喜爱巴黎，

那些飘着丝带的酒瓶，

倒是精致香醇，芬芳四溢。

但是你，我亲爱的姐姐，

你不倾心那般的妖娆艳丽。

啜饮这杯潘趣，强劲而又甘美如饴，

请你悉心品味，这是我唯一的期冀。

——致娜奈尔，萨尔茨堡

1783 年 7 月 31 日

W.A. 莫扎特

与路德维希·凡·贝多芬

（1770－1827）

“拥有一颗纯洁的心才能做出一碗好汤”，这实在是对贝多芬整个人生的精华概括。对于贝多芬来说，人生的所有元素，无论是生活中的还是精神上的，都要通过最高道德理想这道筛子。即便做汤也是如此——汤是贝多芬无比看重的菜肴,而他钟爱的无非是用“一点香芹、芹菜和胡萝卜”制成的清淡菜汤。

贝多芬居住在维也纳的三十五年时间里，咖啡馆和小酒店就是他的第二个家。他常在那里会友，并与他们共进晚餐。耳聋后，为了和人沟通，他准备了一个对话本，在上面记下日常生活中各种各样大大小小的事物。其中自然也包括他在餐厅里疯狂热衷的生蚝，以及喜爱有加的淡水鱼。

有时，他也在自己家里请客，邀请朋友到他在奥地利首都居住过的六十五个住所中的某一个用餐。他时不时地也会下厨做菜，但一般情况下，餐点都是由女管家准备的，而他的女管家永远不是同一个人：贝多芬对自己的盘中餐和杯中酒都十分挑剔，一生都在为寻找一位理想的厨娘而烦恼，可惜这样的人并不存在。

面汤，时令蔬菜

四人份所需原料

胡萝卜300克　高汤2升　块根芹300克　羊颈肉1块　芹菜2棵　面条300克　香菜1捆　大蒜1头　西红柿5个　橄榄油1汤匙　韭葱的葱白1段　盐、胡椒

将羊颈肉放入高汤，中火慢煮2小时。取出备用。

将胡萝卜、韭葱、西红柿、大蒜、芹菜和块根芹去皮，切成小块。再将这些蔬菜浸入已煮过羊颈肉的汤汁，烧至沸腾。然后改成中火，慢煮1小时。最后加适量的盐和胡椒调味。

在烹煮各种蔬菜的过程中，将香菜洗好备用。

将羊颈肉切成细碎的小块。

将面条放入蔬菜汤中煮熟，调入1汤匙橄榄油。

摆盘

将面条和汤倒入深口盘中，在上面摆好依然温热的小块羊肉。

捣碎新鲜的香菜，点缀在汤上。

小贴士

根据口味需求，可用禽肉或甲壳类海鲜替换羊肉。

清煎鲤鱼，韭菜红酒酱汁

四人份所需原料

2 千克的鲤鱼 1 条　百里香 1 束　漂亮的韭菜 4 根　月桂叶 1 片　红葡萄酒 1 升　浓缩番茄酱 1 汤匙　小牛肉汁 1 升（碎肉 1 千克）　酒醋 100 毫升　洋葱 1 个　白糖 1 块　胡萝卜 1 根　黄油 100 克　大蒜 1/2 头　香芹梗适量

将鱼肉块洗净，尽量用镊子将刺拔净。放入加了醋的冷水中泡 10 分钟。取出鱼肉块，置于吸油纸上。备用。

将韭菜切成 10 厘米的小段，浸入冷水，以便去除泥土。

制作小牛肉汁：

将碎肉用少量食用油煎炒，微上色后，下入切成均匀小块的提香配料（洋葱 1 个、胡萝卜 1 根、大蒜 1/2 头、几根香菜梗、百里香 1 束、月桂叶 1 片）。炒至上色。加入刚好没过蔬菜的水，并放入浓缩番茄酱烧煮至沸腾，再用中火慢煮 90 分钟。

将韭菜条从水中捞出，放入平底锅中，倒入红葡萄酒将之覆盖。加入白糖。中火慢煮 15 分钟。盛出韭菜，放在吸油纸上备用。

将煮过的红葡萄酒过滤后，倒入小牛肉汁内。再煮 30 分钟。

鲤鱼切好块，在不粘锅中抹少许油，煎炒带鱼皮的一面。放入盐和胡椒调味。取出鱼块，置于吸油纸上。

摆盘

将韭菜摆放在深口盘底部。将小牛肉汁过滤后，加入黄油并搅拌，使其乳化变稠。把肉汁浇在韭菜上，再在上面摆好鱼肉块。

小贴士

为了满足一些“大胃食客”，我们也可以在盘中添加一个煮的或蒸的土豆。

扁壳生蚝，摩泽尔白葡萄酒奶油酱汁

四人份所需原料

生蚝 24 只　奶油 30 克　菠菜叶 60 克　小洋葱头 1 个　干白葡萄酒 300 毫升　葡萄酒醋 100 毫升　鸡蛋 1 个　黄油 50 克　盐、胡椒

小心地打开生蚝，注意将壳里的水分单独留下。将蚝肉剥出，再重新放回壳里。长柄平底锅中放入少量黄油，加入菠菜叶稍加煸炒，然后放在吸油纸上备用。

将鸡蛋放在盛有水和醋的锅中带壳煮 4 分钟后，剥去蛋壳，放入搅拌碗中。

将白葡萄酒煮至沸腾。点燃锅中的葡萄酒，以使酒精燃烧。之后将其倒入搅拌碗中，加入奶油、生蚝汁液和膏状的黄油一起搅拌至浓稠丝滑。

摆盘

先将菠菜叶摆放在每只生蚝壳中，再在菜叶上放上蚝肉，最后浇上一咖啡匙的白葡萄酒酱汁（仍然温热的）。

小贴士

摆好的生蚝放入烤箱烤一下，或用烧烤喷火枪轻烤加热。

一个吹毛求疵的美食家

“我乐于与人这种动物的吃食为伴，来创造精神和抽象。”这样的陪伴者，贝多芬几乎每天都能在维也纳一家又一家的小酒店里找到。他在这些地方一边与朋友们聊天、喝酒和吃饭，一边咒骂劣质的食物和“天鹅餐厅无耻老板”定的过高的价格。他就是这样称呼他在维也纳最爱去的那家咖啡馆的老板的。

在自己家里吃饭时，他总是试图吃得很好。然而，他却被誉为“极其糟糕的厨师”，因炮制出难以下咽的饭菜，尤其是令人无法饮用的“贝多芬式咖啡”而闻名。“您一点儿都不懂烹饪艺术，先生。”韩妮耶特·松塔格和卡罗琳·昂葛尔，《贝多芬第九交响曲》中《欢乐颂》的两位女歌者，受邀在贝多芬家享用午餐后这样对他说。第二天，她们就都生病了。

海产品

每周五的晚餐，陪伴贝多芬的，是鱼。他将实用性（减肥）与娱乐性（与朋友们一同分享他最爱的食物——鱼，尤其是淡水鱼）

结合起来。此前，他曾向熟识的鱼铺订货：

> 请您送一条重三斤或四斤的鲤鱼过来，若能有一条至少三斤的梭鱼就更好了。如果没有符合这样标准的鱼，那么拜托您，请送来一条重量差不多的其他种类的鱼。
>
> ——您忠诚的贝多芬

重要的日子里，摆在贝多芬家餐桌上的会是青鳕鱼配煮土豆——他最喜爱的菜肴之一，还要配上帕尔玛干酪通心粉。

但对贝多芬来说，最重要的还是生蚝。“明天还有一批刚从威尼斯运到的新鲜生蚝”，他的一位朋友这样说，“咱们可以生吃，也可以烧烤，到时候再喝点香槟。”在餐馆里，生蚝其实常常出现在简单的晚餐菜单上，就如这份餐厅账单上所写：面包、小牛肉、葡萄酒、柠檬、生蚝，以及这顿节日的晚餐：生蚝、香槟、鲤鱼、山鸡、野兔。

贝多芬是不是也因为极其喜爱生蚝，而创作了一曲专门向生蚝致敬的作品，就像罗西尼创作了《生蚝之歌》那样？无论如何，他在对话本上留下的一行字不由得令人浮想联翩：“生蚝甚至能唱出一首卡农曲。”

购物清单

贝多芬仿佛永远在寻觅一位完美的厨娘，他曾这样描述心中的合适人选：“一个年富力强、很会做饭的女管家。”他不是在担心厨娘今天的饭菜做得好吗，就是在恼怒：“这个下流的烂厨娘！”

有时，贝多芬也十分尖酸刻薄。

有一天，他的女管家想向他讨要家务费用，便在进门处留下一张纸条：“今天是星期六，我仍然需要钱。非要不可！”同样的语句——“非要不可”——曾在贝多芬最后一首弦乐四重奏最后一个乐章的主题中出现过。女管家的纸条和迷人的《F 大调第十六弦乐四重奏》之间并没有什么合理的关联，然而一模一样的字眼竟是如此美妙的巧合。

永远力求合理行事的贝多芬曾向周围的朋友寻求建议：“告诉我，怎么做才能让家里的吃喝都达到得体的水准！”他在给一位朋友的信中这样写道。他会一丝不苟地给厨娘写下购物清单（“橄榄油、红糖、土豆”），并注明一本菜谱的参考书目：“经审定，广受好评的《新烹饪大典》第四版修订本，新增菜谱一百二十三个”。

他吩咐“不要剥掉土豆皮”，要注意“西班牙松鸡[1]煮过之后会变软”，还会亲自敲碎鸡蛋检查鸡蛋是否新鲜。

贝多芬原来是个居家生活中的暴君？

每日菜单

每晚，在贝多芬家的餐桌上，汤都是一道基本菜式，而且颇受贝多芬重视。他自己列出汤的做法，邀请朋友辛德勒来品尝由厨娘烹饪的“一道绝妙汤品”，却突然变脸，在同一天中冲着同一位辛德勒因为同一道汤而发怒：“我也不会理睬任何人对这道汤发表的任何意见。它非常难喝。”

贝多芬敏感而易怒。

虽然贝多芬在居家生活中擅长指摘责难，其实却并不挑三拣四：他什么都吃。禽肉（火鸡、阉鸡、鹅、肥母鸡），鲜鱼（梭鲈鱼、鲤鱼、梭鱼、鳟鱼、青鳕鱼）或熏鱼（青鱼、鳗鱼、三文鱼），肉类，尤其是小牛肉（小牛肉片、小牛头肉、烤小牛肉）和羊后腿肉，蔬菜（菠菜、蚕豆、煮土豆或土豆泥、白菜、栗子），野味（斑鸠、野鸭、山

①维也纳人用来指代土豆的表达方式。

鸡、水鸡、松鸡），鸡蛋，香肠。香肠也成了他嘲笑维也纳人的理由：

“维也纳的很多重要人士都被监禁起来了；但我认为，只要这里的人还喝着他们的棕啤酒、吃着小香肠，就离反抗还远着呢。”

他什么都吃，但糖、蛋糕和其他甜食却并不是他的心头好。他是爱吃咸味的人。

他曾品尝过的菜品有：塞白面包馅的煮鹅，配凉拌沙拉的鸡蛋，“用一点儿火腿和牛舌”烹制的小牛肉，鲜生蚝或烧生蚝。

他曾享用过的大餐有：“鲜美肉汤，酱汁红肉，紫甘蓝配板栗，野鸭或其他野味，松鸡、鸭子、水鸡，羊后腿，甜点”；“炸鱼，面条汤，酱汁红肉，炭火烤肉配菠菜”。

他什么都吃，但也深信自己所有的健康困扰都源自所吃的糟糕的食物：“只要这种有缺陷的饮食继续下去，我就会一直生病。”他在给“贪食伯爵、晚餐伯爵和夜宵伯爵”的信中说。这些绰号都是他给他的朋友尼古拉斯·凡·多曼诺维兹起的。

一杯热巧克力

贝多芬是伴着一杯热巧克力的香味向海顿求教学习音乐的。这幅画面令人不禁沉思。年迈的海顿和年轻的贝多芬，一边讨论作曲上的对位法，一边啜饮着适合给孩童做午后甜品的香醇饮品。杯子不会讲话，否则它便会告诉我们，巧克力的丝滑柔腻是否冲淡了海顿给学生指定的习题中透出的苦涩严苛，丰厚怡人的香气是否缓和了大师和求学者身上据说看似锋利的棱角。

无论如何，贝多芬非常高兴：他热爱巧克力。几年以后，他写信给朋友说："请让人准备点热巧克力。我们终于做出了至关重要的决定，那就是与您共进早餐。"他也疯狂地喜爱咖啡，这是他习惯在早餐时喝的饮料，他还总是自己煮咖啡。

葡萄酒单

酒在贝多芬的头脑中占据着十分重要的位置。一些关于他的传记也不遗余力地加以渲染，并强调其父约翰·凡·贝多芬就死于酒精中毒，而贝多芬本人也很可能因嗜酒成性而丧命。这样的论调有何意义？丝毫没有。贝多芬固然和他的朋友们提及过各种形式的酒，但那并不比他对生蚝、阉鸡和青鱼的描绘更浓墨重彩……

贝多芬喜欢塞浦路斯的酒，匈牙利托卡伊的酒、布达佩斯的酒，德国摩泽尔的酒、莱茵河区的酒，麝香红葡萄酒，啤酒和香槟酒。其中，他最爱的是托卡伊葡萄酒。在给管弦乐团首席小提琴手辛德勒的信中，他写道：“这酒不适合夏天喝，但适合秋天喝，也适合给一个蹩脚的小提琴演奏者喝。”

贝多芬就是这么喜欢时不时地逗弄人。

最后的饭菜

1827 年，贝多芬生命中的最后一年，他对好酒的渴求变得异常强烈，他惧怕掺假的酒会使他的病情进一步恶化。他恳求他的朋友：

“现在，我向您提出一个非常急迫的请求。我的医生嘱咐我喝一些上好的莱茵河的陈年葡萄酒。要想在维也纳找到没有掺假的这种酒，根本不可能。如果能收到少量的几瓶，我必定对您感激万分。”

病榻上的贝多芬“就像一个总在索要什么东西的孩子”。他给他的朋友帕斯加拉第写信说：“比如今天，我想吃点桃子果泥或樱桃果泥，不加柠檬，只是很简单的，一份餐后甜品和一点香槟。”

他的最后一封书信同样是寄给帕斯加拉第的，日期是 1827 年 3 月：

“我该如何感激您赠予的如此卓越的香槟呢；它已让我恢复元气，还将令我元气大增！”

当月的 26 日，贝多芬悄然离世。也许当时他正品尝着杯中的香槟？虽然他曾说过“与王子的餐桌相比，我更爱陋室厨房中的自由”，但他最终告别这个世界的方式却堪比王子。

我请求您给我一点樱桃果泥，但只要简单的，不加柠檬。此外，还有一小罐面粉，一些能使我想起土豆泥的东西，都会让我无比欢欣。香槟我是可以喝的；我只请求您，在寄给我的包裹中附上一瓶香槟……

——致约翰·帕斯加拉第男爵，维也纳，

1827年3月（贝多芬去世前的几天）

与弗朗茨·舒伯特

（1797－1828）

《鳟鱼》《美丽的磨坊女》和《婚礼上的烤肉》的创作者舒伯特从来没有吃饱过。在寄宿学校学习音乐时，他度过了斯巴达式的艰苦童年，后来又在维也纳度过了粗茶淡饭的青年时代，可惜没有壮年和晚年用来补偿这些乏味的岁月，因为他三十一岁就去世了。

对舒伯特来说，胃里每天填满珍味佳肴是一个永远的梦。他生前收入微薄，时常居无定所，既没有资助者也没有庇护者，成功遥遥无期。但他拥有许多朋友，与他们一起组成了“欢乐音乐家乐团”，还被朋友们赠以“小蘑菇”这样的外号——这是在暗示他矮小的个头和圆乎乎的身材，毕竟啤酒是会让人发胖的饮料。啤酒配香肠，这构成了他饮食的基础，而且还是在他有钱买单的日子里。是不是因为吃不到鳟鱼，他才让《鳟鱼》的乐曲永恒传唱？他生前会不会连吃一顿烤小牛肉都不敢想？这一切已经无关紧要：就让我们来送他一顿美餐。

腌萝卜配香肠

四人份所需原料

长萝卜 2 根　　细香葱 1 捆　　香肠 800 克　　刺柏浆果 1 汤匙　　红洋葱 1 个　　酒醋 100 毫升　　啤酒 250 毫升　　花生油、盐、胡椒、糖

将萝卜切成细长的薄片（就像扁长形意大利面的形状），撒上盐和糖，放置 10 分钟让水分渗出，之后沥干备用。

将红洋葱切成小块，用少许油在平底锅中稍加煸炒，加少许醋调味。炒 1 分钟后取出。

将事先切成 20 厘米长的香肠段烤一下。

在炖锅中放一点油，加入萝卜薄片、红洋葱和捣碎的刺柏浆果翻炒。浇上啤酒，加盖焖 10 分钟。最后放入香肠，并撒上细香葱。

摆盘

为了保留这道菜原汁原味的感觉，我们可以将菜留在炖锅中，整体地展现在宾客眼前。

小贴士

做这道菜可以使用各种香肠，图卢兹香肠、法兰克福香肠、布莱根香肠、扁形香肠等等。

烤小牛肉，八角烩蚕豆

四人份所需原料

小牛肉 800 克　小牛肉碎肉 1 千克　新鲜蚕豆 1.5 千克　浓缩番茄酱 1 咖啡匙　洋葱 1 个　月桂叶 3 片　胡萝卜 1 根　八角 5 个　百里香、蒜　盐、胡椒、黄油、橄榄油

将蚕豆去壳，倒入加盐的沸水中煮 2 ~ 3 分钟。然后取出蚕豆，立刻将其浸入冰水中，待冷却后逐个剥皮，备用。

制作小牛肉汁：

用少量橄榄油煎炒小牛肉碎肉，炒到稍微上色后，加入提香配料：洋葱 1 个、胡萝卜 1 根、百里香、蒜、浓缩番茄酱 1 咖啡匙，加水至刚好没过原料。

中火慢煮 1 小时。将煮好的食材用漏勺过滤，只留下汤汁备用。

将炖锅置于火上，翻炒已切成薄片的洋葱、大蒜、月桂叶和八角。加入蚕豆，并倒入能没过蚕豆的小牛肉汁。小火煮 10 分钟。

小牛肉烘烤前，先用平底煎锅加黄油将其煎炒上色，加入盐和胡椒调味，然后放入 180 度的烤箱中加热 30 分钟左右。取出之后晾放一会儿。

摆盘

肉烤好后，将其摆放在烩蚕豆上，然后将整个炖锅放入 180 度的烤箱加热 15 分钟。

小贴士

在这道菜中，我选用蚕豆既是出于味道的考虑，也因为蚕豆的历史比四季豆更久远——后者是拉法耶特从美洲引入欧洲的。

笋瓜鳟鱼排，柠檬风味酱汁

四人份所需原料

鳟鱼排 4 块（约 150 克）　笋瓜 1 块（约 1 千克）　洋葱 1 个　黄柠檬 1 个　蒜 1 瓣　嫩洋葱 1 个　盐、胡椒、糖、橄榄油、黄油

将柠檬切成小丁。放入盐、胡椒和糖各一小咖啡匙（约 2 克），搅匀并放置一段时间。

将笋瓜去皮后，放入加了黄油和洋葱片的水中，小火煮 40 分钟。留下一小块生笋瓜，切成 0.5 厘米见方的小丁备用。

笋瓜煮熟后，加入蒜瓣，用搅拌器搅成泥，并再次放入鲜黄油以获得滑腻的质感。在锅中放少许橄榄油，煸炒生笋瓜丁备用。

在热锅中加入黄油，放入鳟鱼块煎至轻微上色（根据鱼块的厚度煎 3 ~ 4 分钟）。

摆盘

将笋瓜泥和煸炒过的笋瓜丁摆在盘中，放上切好的嫩洋葱薄片。

放入鳟鱼块，撒上柠檬丁。最后放入烤炉烤 1 ~ 2 分钟。

小贴士

可以用小南瓜替代笋瓜，还可以放一些姜末作为点缀。

理想的宴席宾客

只要不是处在“低潮”期，也就是说，当舒伯特和他的朋友们有钱用时，就会举办一些音乐聚会：在这些音乐史上被称为“舒伯特圈子”的著名晚会上，他们会整夜地弹奏音乐。舒伯特弹着钢琴，啤酒汩汩流出。香肠就是晚餐的头盘、主菜、蔬菜、奶酪和甜点，甚至还是娱乐消遣。当时流行一种“投掷香肠”游戏——我们虽然对此一无所知，却也不难想象。

快乐的音乐家弗朗茨·凡·哈特曼在日记中记载了“舒伯特圈子”的盛况：

“在史伯恩的家，舒伯特演奏了一支他创作的乐曲，令人赞叹，但却十分忧郁。之后，他和施温德一起演唱了他最美的歌曲。结束时，我们吃了一顿绝好的夜宵。所有的人都非常活跃，非常快乐……”

几日之后：

“我又去了史伯恩家，参加了一场盛大的‘舒伯特圈子’聚会。盖伊和舒伯特的四手联弹实在令人钦佩，沃格尔唱了大约三十首动人的歌曲。《第五首进行曲》[①] 的三重奏令我感动得简直要落泪了。音

①舒伯特六首大进行曲中的第五首，降 E 小调进行曲（行板）（Op.40 D 819 ），为四手联弹钢琴曲。

乐结束后，我们尽情地吃喝，最后跳起舞来。夜里一点才上床睡觉。”

低潮期的牛奶咖啡

十五岁的时候，舒伯特已经开始哀叹低潮岁月。那时，他是康维特学校的寄宿生，学校的每日菜单就是他的低潮。“经验证明，你知道，有时你会很想吃个小面包，或几个苹果，”他在给兄弟的信中这样写道，“尤其是，在一顿乏味的午餐过后，基本上只能等待八个半小时之后的一顿单薄的夜宵。”

在维也纳，他的午餐有时就是早餐。而且是没有添加任何额外食物的早餐：只有小面包和牛奶咖啡。

“中午过后，我会要一杯牛奶咖啡并吞下六个小面包，”他的朋友鲍恩菲尔德这样描述道，“舒伯特来了，也做了同样的事。我们为自己饭后这么快就恢复的好胃口而高兴。‘那是因为我还什么都没有吃。’我的朋友尴尬地向我吐露实情。”他并没有戏剧化地夸张自己的贫穷。他只是为此而羞愧。

舒伯特有时会突然“想吃山鸡”，其实更常出现在他脑中的是“烤面包汤”“排骨”和寻常的“小香肠”。每当他去一位女性朋友的母亲家吃午饭，受到“真正的巴伐利亚面条”的款待时，感觉都如过节一般。

饮料单

在低潮期，啤酒就是他的基本饮料。而高潮时期，托卡伊酒、摩泽尔酒、香槟酒、马拉加酒和潘趣酒都是“隆重场合”的上选。舒伯特曾把自己创作的歌曲《鳟鱼》寄给他的朋友约瑟夫·赫登布莱纳，并希望“围着一杯潘趣酒”来“进一步巩固与他的友谊”。1828 年 1 月 1 日，在举杯畅饮马拉加酒时，舒伯特与他的朋友们互相祝贺了新年的到来，但那却是他生命中的最后一年。

舒伯特会“仔细体味喝茶带来的感官愉悦”，同时也像贝多芬那样热爱咖啡。他甚至曾借助一台咖啡磨豆机创作出了乐曲。他的一位作曲家朋友弗朗茨·拉赫涅尔这样描述：去舒伯特家拜访时，见舒伯特搬出一台磨豆机，倒入咖啡豆开始研磨。突然，他把磨豆机扔到一边，咖啡豆散落得到处都是。“这台磨豆机是个奇迹！”他惊呼道，“音乐的旋律和主题如有神助一般地涌出来！听听这个！”这个曲调便是 D 小调四重奏《死神与少女》的主题。拉赫涅尔的这个故事显然与事实不符，而且被音乐学者布丽吉特·玛姗坚定地否认了。但这个故事应该并不是完全虚构的，舒伯特肯定自娱自乐地想象过一台音乐磨豆机的魔力。

《我的梦》

在舒伯特的日记中，1822 年 7 月 3 日那一页记录着一段谜一般的文字，题为“我的梦”。

“家里有一大群兄弟姐妹。父亲和母亲都很好。有一次，父亲带我们参加一场欢快的宴会……兄弟们都非常高兴，我却十分悲伤。于是，父亲走过来，命令我尽情享用那些美味佳肴……”

虽然我们不清楚弗朗茨·舒伯特最喜欢的菜肴是哪些，虽然我们察觉到他吃到的最好的食物是香肠和巴伐利亚面条，最差的不过是小面包和牛奶咖啡，但我们仍能确信，他一直都很饿。他在短暂的时间里创作出了规模庞大的作品，几乎能满足一个人一生的音乐胃口。所以，我们实在是亏欠了他：应该为他准备一顿美餐，实现他“美味佳肴宴席”的梦。

鳟鱼

Op.32 D.550

明亮的小河里，

有一条小鳟鱼，

快活地游来游去，

像飞箭一模样。

我站在河岸旁，

静静地朝它望，

在清澈的河水里，

它游得多欢畅。

那渔夫带着钓竿，

站在河岸旁，

冷酷地看着它，

想把鱼儿钓上。

我暗中这样期望，

只要河水清又亮，

他就别想把小鳟鱼钓上。

但渔夫不愿久等，

浪费时光，

阴险的他赶忙搅浑河水。

我还来不及想，

小鳟鱼已在钩上。

我满怀激愤地，

看小鳟鱼上了当。

（作词：克里斯蒂安·舒巴特）

与焦阿基诺·罗西尼

（1792 – 1868）

“我寻找着音乐动机，脑中浮现的却只有肉酱、松露和其他类似的东西。”

这是一句解释：三十七岁时，罗西尼停止创作，就因为一个字“吃”。这种解释十有八九是正确的。“大师和我的生活就是为了吃，我们带着宗教般的神圣感履行这个使命。”他的妻子奥琳普曾这样说过。在二十年间创作了四十多部杰出歌剧的天才音乐家罗西尼，在人生的最后四十年里，只创作了少量宗教题材的作品和一些短曲。而且是一面创作，一面大快朵颐。

罗西尼对松露充满热爱，盛赞为“蘑菇中的莫扎特”；鹅肝则是他另一个美食癖好。他设想用这两种食材烹制意大利通心粉，并最终设计出了食谱。不过著名的“罗西尼牛排”却不是他的发明：是他对这两种原料的过分喜爱给一位大厨带来了灵感。就像他的歌剧《威廉·退尔》在巴黎的首演启发了一位甜点师，令其打造出一款与歌剧同名的苹果派。对一切充满好奇心的罗西尼喜欢具有地方风土特色的食材，并让人从欧洲各地给他寄来。同时，忠诚热爱意大利美食的他，也会亲自下厨烹饪经典菜品——意式骨髓煨饭。

奶油通心粉，新鲜松露及鹅肝

四人份所需原料

通心粉 300 克　松露 30 克（最好是新鲜的）　奶油 300 毫升　鹅肝 150 克　擦成粉的帕尔玛干酪 2 汤匙　盐、胡椒

将通心粉放入加盐的水中，烧至沸腾，之后中火煮到筋道、有嚼劲的程度，捞出备用。

在平底锅中，放入奶油，烧至沸腾，在其减少三分之一时，放入帕尔玛干酪，再将锅从火上取下，倒入通心粉翻炒均匀。

将切成小块的鹅肝煎一下，放入盐和胡椒调味，出锅后放在吸油纸上备用。

摆盘

在深口盘中，摆入炒好的热奶油通心粉和鹅肝块。

再刨几片新鲜松露放在通心粉上，放盐和胡椒调味即可。

小贴士

这道菜也可以用细意大利面或扁长意大利面来做。我倾向于用新鲜的松露，因为它的味道更浓郁。推荐季节：十二月到转年三月。

意式骨髓煨饭

四人份所需原料

意大利阿皮罗米 400 克　　髓骨 4～6 块　　高汤 1.5 升　　细香葱 1 捆　　小洋葱 2 个　　黄油 100 克　　盐、胡椒、橄榄油

在平底煎锅中，用橄榄油煸炒切成薄片的小洋葱，未及上色时，放入白米。慢慢加入高汤，让米逐渐吸收汤汁（用炒菜铲不时地搅拌）。煮至半熟时，一边搅拌，一边加入几块榛子大小的黄油，等高汤被完全吸收时关火。注意：快关火时再放盐。

将前一夜已浸泡在冷水（加入粗盐，以洗除杂质）中的髓骨捞出，放入水中烹煮（注意冷水下锅），水沸腾后再煮 1 分钟，之后取出将水沥干。

将细香葱切末备用。

摆盘

把煨饭倒入深口盘中，将切成圆片的骨髓摆在饭的表面。

将盘子放入烤箱加热，使骨髓熟透。

端上餐桌前，撒上细香葱和少许的胡椒提味。

小贴士

我们也可以像照片中那样，巧妙利用髓骨来完成摆盘。我没有放帕尔玛干酪，以减轻这道菜的稠腻感。

焦糖苹果酥，香草冰淇淋

四人份所需原料

膏状黄油 250 克　橙子 1 个　鸡蛋黄 100 克　柠檬 1 个　糖粉 210 克　面粉 360 克　加拿大灰苹果 6 个　蛋糕酵母粉 10 克　香草冰淇淋 1/4 升　盐花 6 克　糖、黄油、盐

将苹果剥皮去核，切成小块。平底锅置于火上，放入黄油和糖，炒匀至金黄色时，放入苹果块，快速翻炒片刻使其上色。备用。

在搅拌器中，放入糖粉、蛋糕酵母粉、盐花、面粉、橙子和柠檬的汁液及果皮，慢速搅拌，然后放入蛋黄和膏状黄油做成面团。将面团静置 2 ~ 3 小时。之后将面团铺开，用模具割出几个直径 10 厘米，厚 1 ~ 2 厘米的圆面片。

用一个蛋黄和一点水调出蛋黄液，用刷子将蛋黄液均匀涂抹在每块圆面片上。将面片放入 160 度的烤箱中烘烤 20 分钟。

调制一些焦糖，快煮好时，加入一点黄油和少许盐花。

摆盘

将圆形面饼放在盘子中央，上面摆好温热的苹果块。

浇上焦糖，在顶端放一个香草冰淇淋球。

小贴士

这道甜品是苹果派的改进版本。我们还可以参考它做出不同的搭配，例如甚至可以用苹果果汁冰糕来代替香草冰淇淋，并放上几颗杏仁或其他坚果……

离经叛道的狂热美食家

当司汤达遇到罗西尼时，这位音乐大师只有二十九岁。《红与黑》的作者描述他“身材肥硕”“食量大如三个食人魔”，并且“每天能吞下二十份牛排”。那时他已经变成《阿尔及尔的意大利女郎》这出歌剧里的“沉默的食客”。

罗西尼的饕餮大罪似乎情有可原：他苦于自己的职业理想受阻。“我以前想成为肉店老板，但不能如愿，这并不是我的错：我是被错误地指引了。”他最终成为了一名作曲家。为了向命运复仇，他尽自己所能将音乐引向美食，甚至以松露作为标准来评价莫扎特的歌剧《唐璜》：“对于《唐璜》，我找不到比松露更好的类比了；这二者的共同点是，我们越享受其乐趣，越能从中体会到魅力。”他还曾在两道菜的上菜间隙作曲，歌剧《坦克雷迪》中的一首曲子就是他在一家小酒馆里创作出来的——后来成了著名的咏叹调《我充满激情》。曲调成形的时候，他的豌豆烩饭正在火上煮着。也因此，那首曲子被人们戏称为“饭的咏叹调”。

罗西尼对于作品的理解也与他的同行毫不相同：一位银行家曾向他购买一份曲谱，他却寄去了意大利波伦亚的猪肉制品。“比音乐更让我感兴趣的，是发现自己刚刚发明了一道新的沙拉：里面放了普罗旺斯橄榄油、英国芥末酱、法国醋、胡椒、莴苣，以及分量合适的柠檬汁。菜品整体经过精心调配和搅拌。”他这样在信中向女高音伊莎贝拉·柯布兰描述自己的新菜。

罗西尼牛排：一个玩笑

罗西尼的贪食习气引发了诸多传说。其中，关于“罗西尼牛排”的故事，就源于他对以鹅肝和松露为原材料的美食那种无节制的喜爱。那么，到底是谁发明了这道菜呢？没人知道答案。或者说，每个人都有自己的说法。所以结果还是一样。在众多假设和猜想中，总有一些似乎听起来更有可能是真的。

据说，罗西尼曾让金屋餐馆的主厨卡希米·莫松给他准备一道加入鹅肝和松露的肉菜，并配以用鹅肝和松露调制的酱汁。相传为了保密，这道菜是“背过身”[①] 烹制出来的。然而《拉鲁斯美食大词典》则给出了另外一种解释：“罗西尼牛排的由来与罗西尼点的这道菜的食材（鹅肝和松露）有关，他的要求在当时的餐厅总管看来是如此

①罗西尼牛排的法语名中，“Tournedos”（腓里牛排一词的复数形式）拆分开来的字面意思即“背过身”（tourne dos）。

有失体统，以至于总管反复交代侍者，上菜时要‘背对着其他食客’，切莫被人发现。”

还有一种说法：詹姆斯·德·罗斯柴尔德男爵的厨师安东尼·卡汉姆为向这位作曲家致敬而发明了“罗西尼式”这个说法，用来指代所有在食材中同时包含鹅肝和松露的菜肴——炒蛋、带壳煮的溏心蛋、摊鸡蛋、小母鸡、奶油鸡胸肉、比目鱼排、炒鸡肉、意式肉馅卷。数年之后，“罗西尼式牛排”才首次由这位厨师的一个徒弟烹制出来。这位大厨和作曲家十分亲近。有一次，罗西尼受邀来到罗斯柴尔德男爵家用餐，他先走进厨房向卡汉姆致意，而后者也在辛勤工作之后来到客厅，与满座宾朋谈笑风生。有时，肖邦也是这里的座上宾之一。

吃得过饱的人

巴黎这座城市对于罗西尼贪吃狂秉性的形成也不无责任。他一到巴黎，就来到夏特莱广场上“吮吸母奶的小牛”餐厅，参加了一个容纳一百五十人的宴会。那天，他还向莫扎特敬了一杯酒。而几年之前，一位甜点师正是在巴黎观看了《塞维利亚的理发师》后，发明出一种名为“费加罗”的水果夹心酥皮小圆蛋糕。另一位甜点师则创造了“威廉·退尔苹果派”：一支糖制的飞箭穿透了糕点上的苹果。

罗西尼“口之所及”尽是全欧洲最顶级的餐厅：银塔餐厅、金屋餐厅、英国咖啡馆、卢卡斯餐厅……无论是侍酒师、餐厅主管，还是主厨，他都认识，还要跟每个人握过手之后才入席就餐。

然而巴黎，这个丰盛酒席和奢华晚会之都，也隐藏着惊人的贪婪与吝啬。在一位腰缠万贯但却视财如命的女士家里，迎接罗西尼的是一顿十分简朴的便餐。但当接到这位女主人的再次邀请时，罗西尼却立刻回答说：“非常乐意，我甚至马上就能去。”

音乐大师也在自己家中大宴宾客，每周六都会准备一桌丰盛的晚餐。有一次，在上甜点时，罗西尼的妻子假装不堪疲惫，突然晕厥，所有宾客都站起身来：他们将永远吃不到托盘上摆放的各种水果了。这个骗人的伎俩最终被一个仆人揭穿了：“因为夫人的水果是租来的，还要还回去。”

罗西尼被一些知名的大厨视为跟自己平起平坐的人物，他的名字在他还活着的时候就已经进入了格里莫·德拉·瑞尼尔编著的《美食年鉴》，从而在美食史上名垂千古。虽然他与“罗西尼牛排”的“父子渊源”并未被证明，但牛骨髓煨饭和松露酱汁通心粉的配方却的确出自他之手。他自己烹制带馅的粗通心粉，用自己设计和制造的银质注射器，给通心粉一个一个地填充馅料——以松露和鹅肝为原料的馅料。

根据美食评论家布里亚－萨瓦兰的说法，罗西尼最喜爱的菜，除了帕尔玛奶酪饺子和通心粉之外，便是松露火鸡了。据说，他一生中只哭过三次：第一次是他的首部歌剧的失败；第二次是听到帕格尼尼的演奏；第三次则是坐船出游时，不小心把一个装着松露火鸡的野餐篮掉进了河里。

他虔诚地热爱着具有地方风土特色的食材，不论它们来自何处。他让人从意大利给他寄来布提的橄榄油、阿斯科利的松露、伦巴第亚的斯特拉齐诺鲜软奶酪、戈贡佐拉奶酪和潘那朵妮水果蛋糕；他的米兰出版商里科尔迪为他提供了波伦亚的阉鸡、克雷莫纳的芥末酱、利古里亚一座女修道院里制作的蘑菇干，以及摩德纳著名的贝伦塔尼肉店的猪肉制品。

此外，他还收到了来自法国马赛的牛轧糖、来自英国的斯提耳顿干酪，以及音乐老师阿尔伯特·拉维尼亚克寄来的加斯科尼海湾的沙丁鱼。他有时也会失望，甚至生气：他心心念念地等待着从西班牙皇后那里寄来的卡斯蒂利亚火腿，最后竟然被一个礼盒取代了。

和贝多芬一样，罗西尼也非常爱吃生蚝。他总说：“没有生蚝的午餐，就像一顿没有通心粉的饭，或是没有月亮的夜晚。”在米兰创作《偷东西的喜鹊》时，他欠下一位生蚝商巨额的债务，以至于根本偿还不清。幸而这位商人是罗西尼的崇拜者，他向音乐家提议为他撰写的一首诗谱曲，以此抵债。

为了生蚝，他甚至差点拒绝那不勒斯一项待遇优厚的聘约，而接受了相形见绌的威尼斯凤凰剧院的邀请：只因他想住在总督之城威尼斯的生蚝田旁边——那是全意大利最好的生蚝田，贝多芬吃的生蚝也是从那里来的。

葡萄酒单

罗西尼是个饕餮之徒，却不是个酒鬼。在他看来，酒存在的必要性，只在于它能将菜的滋味发挥到极致。于是，他欣然自得地创作出一份餐酒搭配的菜单，如今被收藏在佛罗伦萨的洛伦佐·德·美第奇图书馆里：

马德拉葡萄酒配香肠

波尔多葡萄酒配油炸食品

莱茵河的葡萄酒配冷肉酱

香槟酒配烤肉

阿利坎特葡萄酒和拉奎马葡萄酒配水果和奶酪

他的酒窖里尽是奇珍异宝：马拉加麝香葡萄酒、马德拉葡萄酒、马沙拉葡萄酒、勃艮第葡萄酒、香槟酒、约翰山酒庄的一款白葡萄酒（来自克莱门斯·梅特涅的礼物）、葡萄牙国王赠予的波尔图甜葡萄酒。作为波尔多特级葡萄酒的爱好者，他会在自家的餐桌上摆出圣埃美隆、圣埃斯泰夫和波亚克产区的葡萄酒。相传，詹姆斯·德·罗斯柴尔德男爵曾给他寄来葡萄酒，而罗西尼却回应说不喜欢“小瓶装的酒”。男爵明白了他的意思，于是送了他一整桶拉菲古堡葡萄酒。

老朽的罪孽

当罗西尼步入迟暮之年时，音乐又重新来敲打他的大门。罗西尼把门微微敞开，于是，这位音乐大师的作品表上就又飞入了《四季小萝卜》《酸黄瓜》《欧洲鳀鱼》《黄油》《浪漫肉馅》《一份油煎食品》《浪豌豆》等钢琴小品。它们都汇集在他晚年谱写的《老朽的罪孽》中。为了消化所有这些食物，还有一段《蓖麻油小华尔兹舞曲》。

在“开胃小点”之间，也有伟大的作品，比如《小庄严弥撒曲》——罗西尼将其创作成两部分，就是为了能在中场休息时吃晚餐。这首曲子是献给皮雷－威尔伯爵夫人的，罗西尼还送了她一个菠萝。罗西尼从始至终都忠于自己。他说：“人类的激情，就像一个管弦乐团，而胃就是这个管弦乐团的总指挥，遏制它或刺激它……吃与爱，歌唱与消化：这就是‘人生’的这部趣歌剧的四幕，它会像香槟的泡沫一般转瞬即逝。任它消失而不去品尝的人，只能说是个疯子。”

罗西尼出生在2月29日，死去时恰好是在一个13号的“黑色星期五”。

“生蚝就像天赐的礼物，博学的犹太教士告诉我们，它具有这样的特性：总能给味蕾全新的感受，又能恢复我们所期待的味道。没有生蚝的午餐，就像一顿没有通心粉的饭，或是没有月亮的夜晚。虚度光阴啊！这就是我在每一个没有生蚝和通心粉的日子里都会说的话！”

——焦阿基诺·罗西尼

共进晚餐

与弗里德里克·肖邦

（1810 – 1849）

喂好肖邦——这是肖邦身边所有的人的固执想法，从他的父母到乔治·桑，再到他的学生，无一例外。他们都深信，健康而滋补的饮食能帮助肖邦抵挡孱弱的体质带给他的威胁。

肖邦自己也愉快地承认拥有“极好的胃口”，虽然他从孩提时代起就要服从严格的饮食规定——这并没有妨碍他偷吃华沙植物园里的胡萝卜，以及狼吞虎咽地吃下香料面包和朗姆酒蛋糕。离开波兰后，肖邦在维也纳继续吃着波兰菜。这多亏了朋友的关照，是他们给肖邦烹制了故乡的菜肴，以抚慰他远居他乡的苦闷。肖邦也说过，自己会大口吞下“大量的薄酥卷饼”。

他单薄的身体充满精力，并且拥有对人间美食的极大兴趣，尤其是甜食，例如后来乔治·桑按照自己的食谱为他烹制的意式肉桂油面糕。在法国中部贝里的诺昂城的乔治·桑家里，餐桌上是用自家食材精心制作的传统菜肴，比如笋瓜浓汤。肖邦有时也动手烹制擅长的肉酱；这与他狂热的浪漫主义者的形象可不太相符。

笋瓜浓汤，油焖鸭肫和香料面包

四人份所需原料

笋瓜 1 千克　栗子 40 克　油焖鸭肫 200 克　球芽甘蓝 1 个　高汤 1 升　韭葱 1 棵　黄油 100 克　香料面包 50 克　盐、糖、橄榄油、胡椒

在平底锅中，用少量黄油煸炒切成薄片的韭葱（不上色）。放入笋瓜块，倒入能没过这些蔬菜的高汤，中火慢煮 40 分钟，加黄油。将煮好的原料搅拌成浓稠的奶油质地。加盐和胡椒调味，备用。

将香料面包切成小块，用一点黄油煎炒，随后放入切成小块的栗子，炒匀备用。

烫煮一下球芽甘蓝，摘下叶子。备用。

将提前切成薄片的油焖鸭肫煎炒一下。备用。

摆盘

在深口盘中，倒入还很热的浓汤。将鸭肫、栗子和香料面包块均匀地摆放其中。不要忘了添上球芽甘蓝的叶子。

小贴士

这道浓汤的原料可以换成其他种类的蔬菜。此外，将鸭肫换成鹅肝或鸡心也未尝不可。

“用我的方式做”朗姆巴巴蛋糕

四人份所需原料

做蛋糕的面团：	朗姆酒糖浆：	尚蒂伊奶油：
面粉 360 克	糖 500 克	奶油 0.5 升
块状面包酵母 1.5 块	水 1.5 升	香草荚 1 支
盐花 6 克	橙子皮 5 个的量	糖粉 40 克
鸡蛋 280 克	柠檬皮 3 个的量	糖 90 克
琥珀色朗姆酒 190 克	黄油 210 克	

制作面团：

在带揉面钩的搅拌器中放入面粉、酵母和盐，加以搅拌。加入全蛋继续搅拌，直到面团能从容器壁上轻松脱落。放入糖并再次揉面，直至面团脱离容器壁。加入融化的黄油，继续揉面，得到一个质地均匀、平滑的面团。

借助套袋把面团装进模具里，发酵。发酵好后，把面团放入 170 度的烤箱中烘烤 13 分钟。

制作糖浆：

将所有配料煮熟后再降温至 60 度，将巴巴面团浸入其中。

制作尚蒂伊奶油：

在搅拌器中（容器是冷的），放入备好的配料高速搅拌，以获得质感滑腻的奶油。

摆盘

将巴巴蛋糕摆放在盘子正中。给蛋糕淋糖浆，待糖浆被吸收后，将蛋糕放进冰箱冷却。

要上桌时，浇上一汤匙朗姆酒。

在蛋糕顶端摆放一块长条形的尚蒂伊奶油。

小贴士

也可以在蛋糕上放一些应季水果（菠萝、覆盆子、百香果等），作为装点。

乔治·桑式香甜面糕

四人份所需原料

牛奶1升　蛋黄2个　面粉50克　擦成粉的帕尔玛干酪6汤匙　黄油50克　砂糖6汤匙　片状明胶5张　肉桂粉3汤匙　柠檬1个

制作白色油面糊:

在热锅中将黄油融化，放入面粉，再倒入热牛奶，煮至浓稠状后，加入蛋黄。将提前用冷水浸泡好的片状明胶取出，放入热面糊中。擦一些柠檬皮细丝加入面糊中，之后将混合物倒入铁盘，形成0.5厘米的厚饼，待其冷却。

在一个不锈钢搅拌碗中，将帕尔玛干酪粉、砂糖和肉桂粉混合均匀备用。

摆盘

将凝固的油面糊切成长方形，撒上帕尔玛干酪粉、糖、肉桂粉的混合物。将这一操作重复4 ~ 5次。

最后，将摆好的油面糕放入焗炉加热几秒钟。趁热或放凉后食用都可以。

小贴士

这个“非常特别”的食谱是根据乔治·桑的手稿设计出来的。它是肖邦最爱的一道菜，最初是用格鲁耶尔奶酪制成的，我将其替换成了帕尔玛干酪。我们也可以用琼脂来替代明胶。

挑剔的口味

在乔治·桑位于法国贝里的诺昂城堡里，肖邦度过了许多个悠长的夏天，饮食也趋于真纯质朴。这个伴他度过九年时光的女人很早就是绿色天然食品的推崇者，在现代人的“新鲜菜篮”出现之前，她便热衷于具有乡土本色的食物。女主人有自己的家禽饲养棚、果园和菜圃。做面包的小麦是自家田里生长的，野味是自家土地上射猎的，连牛奶也产自自家的奶牛。

每天早上，肖邦都伴着一杯热巧克力醒来——他的巧克力商从始至终都在诺昂镇。不仅如此，乔治·桑还会用自家花园里的李子、柑橘和橙子做出香甜馥郁的果酱，供他享用。“不能把这项活计交给别人来做，”她这样说，“必须自己做果酱，一刻也不能离手。这比写一本书还要严肃。”

像白菜和胡萝卜那样生活

每天下午，在他工作时，“铁杆上的烤鸡”的香气便会充满整个房子；而他也会悠然自得地喝上一碗木质灶炉上温着的“菜圃蔬菜汤”。“在这儿，我们就像白菜和胡萝卜那样生活。”女主人这样说道。

他们通常晚上六点在室外享用晚餐，此前，肖邦、乔治·桑以及宾客们会喝上一点冰镇香槟。随后，便是一桌丰富却不摆阔气的菜品。在诺昂，原汁原味的食材总是触手可及。肖邦在这里品尝到了各个地区的特色菜肴，可谓在美食中完成了真正的环法之旅：普罗旺斯鱼汤、尼斯洋葱挞、土豆丝饼、洛林乳蛋饼、油封鹅肉、笋瓜浓汤、克拉芙堤水果蛋糕，还有板栗。

主人优先考虑的还是肉馅和碎肉类食物，因为这些并不昂贵的菜能让每日两桌宴席上的大约十二位食客吃饱。甜点会上一些肉桂粉甜味油面糕——乔治·桑自己设计的食谱总能填饱最贪吃的肚子。

牛奶的滋味

在巴黎，乔治·桑对于天然纯正的美食的热情有增无减，这种不懈的追寻也借助定期从诺昂寄来的食物而得到满足：他们“搭配各种酱料品尝”栗子、鸡肉、野味、苹果、核桃。在他们的住处附近，有肖邦每天购买新鲜牛奶的乳品店。牛奶是滋补性天然饮食中的典型代表，也是肖邦身边的那些女士们一直关注的对象。李斯特的伴侣玛丽·达古为了请他来到自己位于法兰西岛上的克鲁瓦西的城堡，向他许诺了“美味的牛奶”；在他与乔治·桑的感情刚刚开始时，后者也曾邀请他“一起分享一份极好的牛奶”。

所有的精心照料并没有使乔治·桑摆脱忧虑的侵蚀：“早上，他急急忙忙地去上课，我担心他忘记喝那碗热巧克力或热汤。”当他们身各一方时，她总害怕弗里德里克不吃东西，甚至派一位朋友去侦察“他是否吃了午饭”。

厨房里的作曲家

事实上，肖邦是吃了饭的。除了巧克力，他最喜爱的是什么？答案是：肉酱。对于这位昙花一现的天才，这种喜好实在显得有些平庸乏味。但这也许是他的一种报复，回击了为使爱他的人们放心而拼命咽下的蔬菜浓汤和农场鲜牛奶。不管怎样，当普拉纳·德·拉菲夫人，他的学生之一，以此为诱饵邀请他来家中品尝上好的肉酱时，他根本无法抗拒。

作为十分苛刻的食客，肖邦只从皇家宫殿的肉商舍维那里买肉，或者索性自己制作。他的确会做饭。“我寄给你的是我自己做的肉酱，”他在信中对一位友人说道，“我在烟雾笼罩的厨房里自己制作出来的。”巧克力是他的另一个小嗜好，他对此也颇为挑剔，只吃波尔多的那种：“它们是在私人作坊中特别为我准备的巧克力，里面没添加任何香料。”

宴会

肖邦难道只喝牛奶？不可能，但他在酒精方面的爱好却几乎不为人知。当他还是个孩子的时候，在波兰，他会偶尔被允许喝一点甜酒；与乔治·桑一起时，会喝一些香槟；住在英国时，他曾让他的朋友，大提琴家弗朗肖姆给他寄去几瓶波尔多葡萄酒——也许是为了忘却“跟英国烤牛肉和英国乌龟汤一样的（英国）管弦乐团：强劲、有名……此外一无所长”。

然而，《宴会》这首在诗人斯蒂芬·魏伟奇的文本的基础上谱出的饮酒歌曲，的确是肖邦在1830年创作的。

他当时年仅二十岁，正要离开波兰，也许将永不再回到故乡。

在他启程的前夜,他与朋友们在晚餐时狂喝豪饮,所有人都唱起了《宴会》。肖邦离开后不久,华沙爆发了反抗沙俄统治的起义。肖邦的《宴会》也被起义者们高唱，并被填写了新词以表达爱国情怀。

宴会

Op.74 降E大调

小心啊，美丽的姑娘！

你笑得如此欢畅，

把酒都撒到了我的大衣上！

我不原谅你！要让你付出代价；

我会一直吻你，直到精疲力竭！

啊，明眸皓齿，

让我血液沸腾！

好了，爱抱怨的人，

别再犹豫不决！

喝吧，孩子，请别浪费时光。

这惨淡的世界已有足够的忧伤。

如果走不动了怎么办？

这又有何羞耻？

任你的妻子大喊大叫，你反正听不到；

你会倒在地上，浑身冰凉！

喝吧，否则就吃我一拳。

嘿，年轻姑娘，到这里来！

只管倒酒！不要引诱。

给我们倒酒！

与朱塞佩·威尔第

（1813－1901）

作为一个正人君子和美食家，威尔第在美味佳肴面前能节制自律，堪称楷模，足以令那些被自己肚子奴役的“法斯塔夫”① 汗颜。事实上,“吃”却是他极为感兴趣的事:在某种意义上,除去作曲之外，他把所有时间都贡献给了这项活动。但他也的确能给自己的那些爱好划出严格的界线。

威尔第出生在意大利艾米利亚－罗马涅地区，从小在父母位于隆高勒村的食品杂货店里与火腿、奶酪和各种香料为伴。他从不避讳童年的粗野质朴，恰恰相反：他讨厌与成功作曲家的地位相伴而来的上流社会的交际。为了逃避这种烦恼，他在三十五岁时买下了离隆高勒村不远的圣阿格塔庄园，像一位乡村王子那样在里面住了

①威尔第一部喜歌剧《法斯塔夫》的主人公，是个滥情的骑士。

五十年：早上在集市上为本地的食品讨价还价，晚上则在庄园里穿着礼服、用镶嵌着金色和绿色花边的餐具进餐。

经年累月，随着主人不断投入财力，圣阿格塔庄园变成了拥有一百多公顷的地产。这里不仅诞生了他自《路易莎·米勒》之后的全部作品，也为这个美食家提供了当地最好的食材：比如，能以各种方法烹饪的玉米，果园里的水果——尤其是该地区最著名的梨。只要一有时间，威尔第就在厨房里发挥他那在美食方面同样出色的创造力，他与妻子朱塞佩娜一起发明了“威尔第牛排”，其美味程度绝对可与同行罗西尼的牛排抗衡。

“全能玉米”！

四人份所需原料

爆米花 2 汤匙　奶油 200 克　罐装玉米 500 克　帕尔玛干酪 2 汤匙　椰奶 100 克　大蒜 1 瓣　波伦塔玉米粉 300 克　小洋葱 2 个　牛奶 200 克　盐、胡椒、埃斯普莱特辣椒粉

将波伦塔玉米粉在牛奶和奶油中煮至沸腾，调中火慢煮，不断搅拌。煮熟后，放入切成碎末的大蒜和切成薄片的小洋葱。关火，将混合物倒入一个边缘凸起的铁盘中，形成 1.5 厘米的高度。放置一段时间。

将沥干汁水后的罐装玉米加适量清水，倒入椰奶中烧煮。中火慢煮 30 分钟，关火，用搅拌器搅碎，放盐、胡椒调味，用漏勺过滤后备用。

将已凝固的波伦塔玉米糊切成圆饼或小棒状，在不粘锅中用少许橄榄油加以煎炒，使其略微上色。

摆盘

将热玉米汤倒入深口盘，并放入波伦塔玉米糊块。表面再放一些玉米粒和爆米花。撒上埃斯普莱特辣椒粉，即可上桌。

小贴士

也可加入蒜香干面包块，以增加这道菜的乡土气息。

烤威廉斯梨片，帕尔玛干酪碎和酸模叶

四人份所需原料

威廉斯梨 4 个　　奶油 100 毫升　　帕尔玛干酪 100 克　　橄榄油、盐、胡椒、黄油　　几片酸模叶

将梨去皮，纵向切成两半，去核。在不粘锅中用黄油将梨块煎炒一下，使其稍微上色后，放在吸油纸上，备用。

借助削皮器，削出帕尔玛干酪碎。

摆盘

将温热的梨摆放在盘子中央。

在不锈钢搅拌碗中混合帕尔玛干酪碎和酸模叶（就像拌沙拉那样）。放入橄榄油、盐和胡椒调味。之后将拌好的干酪和酸模叶摆在梨片上。

像照片中那样，为菜品添加一勺奶油。

小贴士

奶油应该与其他食材同时品尝，以使整道菜的口感更加柔和。此外，也可以用其他香草代替酸模叶（如罗勒、龙蒿等）。

威尔第牛排

四人份所需原料

牛里脊 4 块（每块 150 克）　嫩洋葱 2 个　波伦塔玉米粉 200 克　大蒜 1 瓣　牛奶 150 毫升　白葡萄酒 200 毫升　搅打奶油 150 毫升　洋葱 1 个　柠檬 1 个　鲜奶油 200 毫升　西红柿 2 个　橄榄油、盐、胡椒、黄油

将波伦塔玉米粉少量多次地倒入两种奶油和牛奶的混合物中，煮至沸腾。之后将其搅拌至形成黏稠的质地。将 1/2 瓣蒜擦成末，放入其中，同时放入柠檬皮细丝。再加盐和胡椒调味。将这些食材都煮熟后，倒入铁盘中，形成 1 ~ 2 厘米的厚度。备用。

将西红柿去皮去籽，切成小丁。加入切成薄片的嫩洋葱，搅匀备用。

在平底锅中，煸炒切成小丁的洋葱，加入擦成末的另一半蒜瓣和少量黄油。稍加煸炒后，倒入白葡萄酒，收汁至半，最后加盐和胡椒调成浓稠的乳白色酱汁。

将牛里脊用橄榄油和黄油煎一下，以使其上色均匀。加盐和胡椒调味。备用。

玉米糊成形后，将其切成圆饼（借助直径与牛肉块相同的圆形模具）。在圆饼中心戳一个洞后，将饼在锅中用橄榄油和黄油煎一下，

略微上色。备用。

摆盘

在盘底放白色酱汁，摆上用烤箱加热过的牛肉。将波伦塔玉米糊做成的圆饼放在牛肉上。将拌好的西红柿和嫩洋葱摆在圆饼的中心，同时加几滴橄榄油、少许盐和碎胡椒。

小贴士

威尔第的食谱中用的是粗粒面粉，我替换成了波伦塔玉米粉，感觉更有滋味。

懂得节制的美食家

“如果观众们知道朱塞佩娜是如何创作那道米兰煨饭的就好了，他得到了那么多热烈的掌声！”面对一位向她转述威尔第新作大获成功之盛况的观众，朱塞佩娜·史翠波妮这样感叹道。威尔第给妻子朱塞佩娜起了个有趣的昵称，叫“小肉酱”，而朱塞佩娜则反过来把丈夫叫做“煨饭大师”，因为他做的煨饭是最尊崇传统的。

他的煨饭用藏红花和牛骨髓烹制而成，有时还会在里面加一些剩下的禽肉、野味、鸡肝、牛肝菌薄片或松露。他非常注重遵守某些规矩：勺子必须是木质的，米一定要皮埃蒙特产的，白葡萄酒应当是“天然、甘甜的”，煨饭端上桌之前要撒上帕尔玛干酪细末和切碎的松露。

他的口味深深植根于童年和乡土：他喜欢营养丰富的美食，比如口感厚实的香肠——用黄油和鲜奶油烹制，而非橄榄油和柠檬，这是艾米利亚－罗马涅地区的美食传统。

他最爱的是塞有罗勒香蒜酱的意式青酱饺子，以及熟猪肩肉（火腿）——一种他喜欢自己烹制的圣塞孔多特产：这是一项耗时长久的劳作，腌制和浸泡猪肉需要很多天才能完成，烹制它也需要好几个小时。他会与朋友们分享成品：“您很快就会收到一个装有两支圣塞孔多小火腿的箱子，赠与您和里科迪一家（他的米兰出版商）。”他在给女高音泰丽莎·舒特尔兹的信中这样写道。

童年岁月也养成了他对甜食的爱好：意式奶冻、瑞可塔奶油、集市上的红酒烩梨、托罗尼果仁夹心糖——里面有蜂蜜、杏仁、榛子、开心果、巧克力、无花果干……

他遵守传统节日的烹饪习俗，圣诞节吃阉鸡和当地的圆形蜂蜜糕点，复活节吃小羊肉和托尼甜面包，新年的宴席上则准备山鸡。

艺术作品一样的美餐

在圣阿格塔庄园，宴会餐点都是由音乐大师认真安排的。他换好服装，让朱塞佩娜打下手，直忙到餐桌摆好：水晶酒杯，镶金边的绿色和白色餐盘，银质餐具上刻着代表姓氏的字母“V”和代表他与妻子名字的双“G”标志。

宴会上宾朋满座，有音乐家、合作者，也有国家政要。他了解每个人的口味偏好，并与他们分享“交谈的快乐，尤其是对于美味佳肴的挚爱”，歌剧剧本作者朱塞佩·贾科萨这样说。他的酒宴上禁止谈论国事。

在贾科萨眼中，“他是一个自律的人，因此，他认为生活中的每项职责都有它最恰当的时刻。他是一位艺术家，因此，他理所当然地认为美餐也是一种艺术作品。”

餐前小吃、煨饭、意面或饺子、煮肉、油炸配菜、烤肉、甜品、奶酪构成整套菜单。午餐过后，台球室里会摆上他自己煮好的咖啡。当威尔第全心投入到一部歌剧的作曲工作中时，他会不吃午饭，只喝一杯从最好的咖啡店里买来的咖啡。前来与他一同工作的歌唱家们，则可以享用蔬菜浓汤。

他每日的时间安排固定不变：黎明时分，吃过清淡的早餐后便开始写信或回信，紧接着他还会再吃一顿更丰盛的早餐，然后再到庄园里巡视一番。

在克雷莫纳举办集市的日子里，他还会很早出门，为了小牛犊和奶牛讨价还价，然后在太阳客栈吃午饭，点上一份“米兰小牛排”，并要求“放很多的黄油”。

自给自足的美食家

在圣阿格塔，威尔第一家过着几乎自给自足的生活：庄园里的食物足够满足他们的需求。

这里有主人射猎来的野味、自家圈养的牛羊、池塘里的鱼、产自庄园葡萄藤的葡萄酒、饲养棚里来的禽肉和鸡蛋；此外，自产的玉米能做成面包、蛋糕、玉米糊和浇满黄油的煮玉米；大米可以用来烹制煨饭、米汤、蛋糕；还有南瓜、西红柿、芦笋、菠菜、牛皮菜、生菜（朱塞佩娜能将它们调配成非常美味的沙拉）。

即使威尔第渐渐变得富有，他的花销也很少：他讨厌浪费。与朱塞佩娜一起发明的“威尔第牛排”就是对罗西尼式铺张奢华风格的朴素回击——与牛肉搭配的食材是粗粒面粉、西红柿、帕尔玛干酪、马德拉葡萄酒和洋葱，简单纯朴，价格也不昂贵。

整座庄园的规划布置保证了所有农产品都能在最佳状态下保存。这里有三个乳品区（牛奶、黄油、奶酪），一个水果区，一间磨坊，一间食品贮藏室，以及一个在屋后的空地下挖凿的冷窖——用从冬季的池塘里取来的大冰块维持低温。

他喜欢自家出产的食材，这个“自家”是广义上的。在其他国家旅行时，包括在热那亚居住时，他都让人从圣阿格塔给他邮寄帕尔玛干酪（他会同梨一起食用，这也是当地的一种饮食习俗）、费利诺镇的色拉米香肠、用费利诺白葡萄酒腌制的瘦肉香肠，以及吉贝洛古拉泰勒火腿（“Culatello di Zibello”，直译过来是“吉贝洛的小后腿”）——一种仅在意大利帕尔玛地区的某些村庄里才生产的咸火腿，比如隆高勒村。

厨房，这个装备齐全、用来准备和加工食材的地方，在朱塞佩·贾科萨看来“就像一个胃口极大的炼丹术士的洞穴”，并且“应当像舞台一样荣耀”。

庄园的食物储量非常大：罐装保存的水果和蔬菜、各种腌货和野味——其中自然也有他最喜爱的吉贝洛古拉泰勒火腿。

威尔第很乐意享用从自家葡萄藤摘下的葡萄酿出的蓝布鲁斯科葡萄酒，他还会伴着甜点喝阿斯蒂的气泡酒。但这位葡萄酒行家也会从整个意大利和法国买酒，尤其偏爱波尔多和香槟。

当然，他最爱的还是基安蒂葡萄酒——它被誉为整个意大利酿酒业中最为上乘的精品。他尤其喜欢贝蒂诺·瑞卡梭利男爵酿制的，这位男爵不仅是位政客，还是个一流的酿酒师。他经过三十年的潜心研究，终于找到了酿造基安蒂的配方。

最后的一餐

1901 年，与他共同生活了五十七年的“小肉酱”朱塞佩娜已经离世四年。威尔第此时八十八岁，依然活得很好。

1月7日，在米兰，他的午餐菜单是这样的：沙特勒兹荨麻酒煨饭、蛋黄酱煎鲈鱼、烤牛肉、小羊排、帕尔玛干酪拌肉、烤火鸡、生菜沙拉、甜点、水果、朗姆酒冰糕。

几天以后，1月20日，他在华丽的米兰酒店吃午餐——这是深受他喜爱的地方，菜单上有：什锦蔬菜一口酥、主厨特制烤鳟鱼、牛排配时蔬、芦笋、铁杆烤小火鸡、覆盆子冰糕、糕点和甜品。而这一天距离他的死还有七天。

这就是“艺术作品”般的最后一餐。威尔第万岁。

与穆杰斯特·穆索尔斯基

（1839 – 1881）

“有时我会奔过去，不，快停下！我家的厨师对我说，汤虽然已经煮沸，但要端上桌也还为时过早！也许应该再加一些蔬菜，或者加一点盐？”正在为歌剧《霍万斯基党人之叛乱》作曲的穆杰斯特·穆索尔斯基这样感叹道。

在运用烹饪的隐喻来表达创作活动的精髓这方面，这位俄罗斯作曲家可比法国作家马塞尔·普鲁斯特早了数十年。前者用的是汤，后者用的则是《追忆似水年华》中厨娘弗朗索瓦丝做的那盘胡萝卜焖牛肉：“我写这本书是否能像弗朗索瓦丝做胡萝卜焖牛肉那样，加上那么多精选的肉块就可以使肉冻内容丰富起来……”

只是穆索尔斯基那不知悔改的酗酒者的名声似乎盖过了其经验丰富的美食家的身份——事实上，他的确是位喜欢俄罗斯甜菜汤和小龙虾海鲜汤的美食家，他对各种美味小菜和脆皮肉酱饼的热情也与对音乐创作的激情紧密地纠缠在一起。从烹饪角度而言，这就是他的独特性。

小龙虾海鲜汤，辣根菜奶油汁

四人份所需原料

小龙虾 1 千克　奶油 1 升　洋葱 1 个　浓缩番茄酱 1 咖啡匙　大蒜 1/2 头　橄榄油 3 汤匙　白兰地 150 毫升　胡萝卜 1 根　龙蒿 1 捆　辣根菜奶油 2 汤匙

在不粘锅中倒入少量橄榄油，加热，放入活的小龙虾迅速翻炒并浇上白兰地。之后关火。剥去虾壳，并将虾头和虾尾分开。

在平底锅中倒入橄榄油，煸炒粗略切块的洋葱、大蒜和胡萝卜。之后将事先磨碎的小龙虾头下锅煸炒。倒入奶油，并加入龙蒿和浓缩番茄酱，中火慢煮 1 小时。将煮好的混合物用漏勺过滤，再用搅拌器搅拌，以使小龙虾海鲜汤质地均匀。

剥去小龙虾尾部的虾壳，放入烤箱加热。

摆盘

将热的小龙虾海鲜汤倒入深口盘。将去壳的虾尾和一只完整的小龙虾摆放在上面。放几滴辣根菜奶油汁。放入圣彼得草作为装饰。

小贴士

这道菜可以用不同种类的甲壳类海鲜制作（如龙虾、海螯虾等）。

俄罗斯甜菜汤

四人份所需原料

甜菜叶 80 克　柠檬 1 个　酸模 80 克　辣根菜碎末 20 克　莳萝 80 克　红辣椒粉 1 汤匙　绿洋葱 4 个　高汤 1 升　黄瓜 1 根　黄油 50 克　芥末酱 1 汤匙　三文鱼 250 克

在平底锅中用黄油煸炒甜菜、酸模、莳萝、洋葱和切碎的半根黄瓜，注意不要上色。加入芥末酱和柠檬汁并倒入已经热好的高汤，煮 10 分钟后用搅拌器搅碎。加入红辣椒粉和辣根菜备用。

将三文鱼切丁，放入 180 度的烤箱中烤 3 分钟，使其变熟。加盐和胡椒调味。

借助挖球器或小圆勺将黄瓜切成小圆球。

摆盘

把汤倒入深口盘（冷热皆可）。

将三文鱼丁摆好。

把甜菜叶和黄瓜球放入盘中作为点缀。

小贴士

为了使汤保持翠绿的颜色，搅拌后要立刻将其倒入底部用冰块冷冻的容器。

脆皮肉酱饼

四人份所需原料

制作面皮：	制作肉馅：	
面粉 450 克	猪里脊 150 克	洋葱 1/2 个
膏状黄油 200 克	小牛肉 100 克	白兰地 100 毫升
牛奶 50 毫升	鹅肝 100 克	鸡蛋 2 个
盐 6 克	葱 2 根	盐、胡椒、百里香、月桂、糖
胡椒 2 克		

前一天晚上，开始准备面皮：将所有相关配料混合后，揉成面团，再饧发一夜。

同样在前一天晚上，准备肉馅：将猪里脊、小牛肉、葱和洋葱用绞肉机搅碎。把白兰地浇在肉馅上，放盐和胡椒，并加入百里香和月桂叶调味。

第二天，将黄油涂在长方形面包模子里。将饧好的面团用滚棒擀压，制成 0.5 厘米厚的面饼，铺在模子里垫底。在肉馅中加入鸡蛋搅匀，然后将肉馅放入模子，小心地在中间部分（纵向一条）加入事先放好盐和胡椒的鹅肝。用一块面饼将馅封上，边缘处沾水捏合。把鸡蛋液刷在饼的表面上色。不要忘记做一个“通风口”（戳一个直径 4 毫米的孔，并把卷好的烘焙纸竖直插入其中，以便蒸气外溢时不会撑裂饼的表皮）。放入 200 度的烤箱中烘烤 30 ~ 40 分钟。

摆盘

饼烤熟后放置一段时间，连皮切块，摆放在盘中。

放入辣根菜奶油汁、酸模叶、嫩洋葱和酸黄瓜等作为点缀。

小贴士

这道菜也可以用酥皮面饼和其他种类的肉（最好是白肉）制作，放一点松露也未尝不可。

唯美主义的纵欲者

穆索尔斯基沉湎于无休无止的纵酒作乐的聚会之中，因此几个世纪以来,他身上一直贴着“醉鬼”的标签。事实上,除去这一点，人们对他的生活所知甚少，只知道他曾靠当公务员糊口，时常入不敷出或无处容身。但不管怎样，关于吃的点点滴滴还是从他的话语中多次流露，由此可见，穆索尔斯基对美食的确抱有极大的兴趣。对他来说，作曲就是一种烹饪。

肉酱课

穆索尔斯基极其喜爱脆皮肉酱饼，以至于把这道美食想象成有“一百里长”，并以此为基础构建出一套审美理论。就像康德在《判断力批判》中以加那利酒为源头发展理论那样，穆索尔斯基的出发点是肉酱。

“如果这世上有一样东西是我不能忍受的，那就是大家正在用餐时，女主人对一份美味的脆皮肉酱饼做出多此一举的解释。说什么准备这道菜花费了她几百万斤黄油、五百颗鸡蛋、一整片地的白菜和一百五十条鱼。”这就足以让我们觉得“肉酱不那么好吃”了，因为我们会在头脑中想象出“一个永远脏兮兮的厨娘，小母鸡被割下来的头，掏空了的鱼一条压着一条。在成功的艺术作品中，也有类似的对于简单纯洁的需要，如果用脏手操纵触摸了这一面，作品就会变得令人反感”。

总而言之，与做脆皮肉酱饼同理，最好不要揭露一部艺术作品的创作过程。这样才能维持那种孕育的神秘感，留住其中的所有味道。

大嚼俄罗斯煎饼

穆索尔斯基除了脆皮肉酱饼之外，还吃别的东西吗？吃。夏天，他常在炎炎酷暑中喝冰镇罗宋汤——一道重要的俄罗斯传统美食。他也不会忘记告诉作曲家米列·巴拉基列夫，他“在莫斯科的一家餐厅品尝了一盘极好的罗宋汤，餐厅里的侍者都穿着无懈可击的白衬衫”。这种俄罗斯罗宋汤配有甜菜叶和洋葱，汤底是用黑麦发酵而成的卡瓦斯淡啤酒，汤里放有煮熟的鱼块，通常是三文鱼。

冬天，他会在作曲家凯撒·居伊的俄式乡间别墅里品尝小龙虾海鲜汤，还会抱怨那里“冷得要命”。在他创作的一部用来反击其诋毁者的讽刺作品《鳌虾公司》中，凯撒·居伊就被叫做“鳌虾”。不管什么季节，只要一有可能，穆索尔斯基就津津有味地品尝着自己一直梦想着能大快朵颐的鱼子酱俄罗斯饼。

穆索尔斯基也会自己做饭吗？我们能追溯到的他唯一一次下厨烹饪的痕迹，就是他与“五人团”——鲍罗丁、里姆斯基－科萨科夫、居伊以及巴拉基列夫——在乡下共同度过的那个夏天：当其他人都在潜心工作时，他“做了果酱，并精心调配了一些腌泡汁”。“果酱非常美味”，他对作曲家格林卡的妹妹吹嘘道。其实，这是穆索尔斯基家族的一个传统：他的母亲就曾为巴拉基列夫做过果酱。

面包面团般的状态

他的词汇中充满了食物的影子。在穆索尔斯基的语言里，“轻而易举地谱出一首新曲”叫做“很快就做熟了”，“从画家维克多·哈特曼的画中汲取灵感而创作出的钢琴组曲《图画展览会》”，则被他称为“贪婪大吃”。

懒散倦怠的日子里，他感觉自己处于“面包面团般的状态”。当一曲歌剧音乐获得成功，他认为这“很有滋味”。他戏称剧作家帕维尔·费奥多罗夫为“香料面包”，把作者的虚荣心比作“肚子里流淌的融化的黄油”。更不必说那些不断出现在他笔下用来指代朋友和爱人的无数的“蛋糕”和“派”。

他知道如何恰如其分地打趣他的同行。他描述柴可夫斯基“在聆听《鲍里斯·戈都诺夫》[1]时，露出了一副‘煎饼面团’的表情”。随后，他注意到柴可夫斯基“有一种要变酸的明显趋势，我等着他发酵；果不其然，面团开始发酵，发酵，那些小气泡在发出一声沉闷、无力和难听的声响后终于破了”。

穆索尔斯基还把对德国食物和德国音乐的厌恶纠缠在了一起：“土豆、樱桃汤、牛奶汤和黑加仑汤对于艺术感知没什么有利影响。就我个人的品味而言，从在猪油汤里煮熟的硬肉片到瓦格纳七小时长的歌剧，德国人没有贡献出任何吸引我的东西。”

在美食方面滔滔不绝的穆索尔斯基，却几乎不谈令他沉醉难以自拔的酒精。也许在为《啊，该死的醉鬼》（《霍万斯基党人之叛乱》第三幕）作词作曲的时候，他脑中想的正是自己呢！

①穆索尔斯基创作的一部四幕歌剧。

与埃里克·萨蒂

（1866 – 1925）

“我天生胃口很好，我为我自己而吃，但并不自私，也不野蛮。换句话说，我‘在餐桌上比在马背上更规矩’——虽然我是个相当不错的骑手。”这就是埃里克·萨蒂，一言以蔽之：他会用荒诞的玩笑话来表达自己的想法。

埃里克·萨蒂喜欢吃，而且直言不讳：这一点对于他这样一个隐藏在众多面具后边的人而言有些奇怪——他的面具之一就是戏谑和嘲讽，他的音乐中也充满了这样的气质。但恰恰是在“吃”这个话题上，他经常表现出非常理性的一面。他不仅爱吃，还撰写关于烹饪艺术的文章；他从美食中汲取灵感，创作过 ·些音乐作品，而且还时不时地去德彪西家吃午饭，与德彪西探讨自己的口味。

然而，在巴黎郊区阿尔克依镇那个被人遗忘的小房间里，他所过的是一种极度匮乏的生活，根本无法实现梦想，满足自己的口腹之欲。埃里克·萨蒂会做梦吗？准确地说，他会做噩梦，以至于能发明出一份满是霉菌和恶臭之物的白色菜单。这也促使我们想象另外一份食谱，同样是白色的，却是用最诱人的美味做成的。

炖鳗鱼段

四人份所需原料

鳗鱼 800 克　奶油 500 毫升　珍珠洋葱 150 克　白葡萄酒 300 毫升　巴黎白蘑菇 150 克　香芹 2 捆　黄油 50 克　胡萝卜、洋葱、香料包　盐、胡椒

将事先剥好皮的鳗鱼切成 5 厘米长的小段。

用胡萝卜、洋葱、香料包、盐和胡椒制作出 1.5 升的白葡萄酒奶油汤汁。将汤汁保持沸腾状态煮 10 分钟，然后放入鳗鱼块，中火慢煮 10 分钟。用漏勺将鱼小心地取出，放在吸油纸上备用。

在煮锅内，将黄油加热融化，之后放入珍珠洋葱和切成小块的蘑菇加以翻炒。倒入白葡萄酒并收汁到原来的一半。加入奶油，煮至沸腾，然后中火煮 10 分钟，以得到浓稠滑腻的质地。放入鳗鱼块，再煮 10 分钟。把锅从火上取下，调味即可。

摆盘

将鱼块和蔬菜摆放在盘中。加入切好的香芹并放一点胡椒。

小贴士

最好选择比较小的鳗鱼来做这道菜，还可以用意面或土豆作为配菜。

白香肠烩洋蓟，老式芥末酱奶油汁

四人份所需原料

白色猪血香肠 4 根　　杏仁 1 汤匙　　洋蓟 400 克　　鲜奶油 1/2 升　　老式芥末酱 4 汤匙　　大蒜 1 瓣　　芥末籽　　橄榄油、黄油

将洋蓟裹在一块包着粗盐的布里，以摩擦的方式去掉洋蓟的表皮，同时又不损坏其最初的形态。之后用清水冲洗备用。

在锅中放入奶油并加热。将大蒜磨成碎末倒入其中，同时加入老式芥末酱。将这些食材煮至沸腾后，放入洋蓟，中火慢煮 15 分钟。最后放入盐和胡椒调味。

用橄榄油和黄油煎一下白香肠，使其变为漂亮的焦黄色。

摆盘

在盘中摆放用奶油煮过的洋蓟。

放入白香肠，撒一些芥末籽和杏仁。

小贴士

这道菜也可以用其他肉类（如小牛肉、禽类等）来制作。

如“织工脑髓”般的布鲁斯奶酪

四人份所需原料

布鲁斯奶酪400克　细香葱1捆　干无花果4个　小洋葱2个　陈年酒醋4汤匙　橄榄油4汤匙　粗磨胡椒、盐花

将布鲁斯奶酪放入深口盘，用叉子捣碎。

制作油醋汁：

将切成细碎小块的小洋葱、盐、胡椒、陈年酒醋和橄榄油拌匀后，加入细香葱即可。

摆盘

在捣碎的布鲁斯奶酪上浇几汤匙油醋汁。

将干无花果切成薄片，均匀地摆入盘中。

小贴士

这道来自里昂的特色菜既可以用布鲁斯奶酪制作，也可以根据季节和口味选择绵羊奶奶酪或山羊奶奶酪。

一切为了嘴

“我只吃白色的食物：鸡蛋、砂糖、骨头；动物的脂肪；小牛肉、盐、椰子、白水煮鸡肉；水果发霉的部分、米、白萝卜；带樟脑味的白香肠、面食、奶酪（白色的）、白沙拉，以及某些鱼类（我不吃鱼皮）。”

作为其所有怪癖的巅峰范例，“白色菜单”也在某种程度上造就了埃里克·萨蒂的名气，就如他作品中的那些异想天开却又十分诱人的曲名一样：

《杏仁巧克力圆舞曲》《他吃着他的奶油果酱面包片》《四季豆国王的战争之歌》《梨形曲三段》……

在《音乐家的一天》这篇文章里，萨蒂描写了自己日常的生活，一段比一段荒诞可笑：“午餐 12：11 开始，12：14 吃饱离席”；“晚餐 19：16 开始，19：20 结束”；还有“至于酒，我会煮开后放凉，与深红色果汁调配在一起喝”。

在这份疯疯癫癫的日程表里，“白色菜单”作为一个英勇的片段简直堪比美食版“托托系列笑话”[1]。

---

①法国大众文化中的经典笑话，大多是围绕主人公托托的诙谐故事。

请入席!

萨蒂曾向刊登了《音乐家的一天》这篇文章的《音乐杂志》和《享乐天文年历》两本刊物供稿。其中，后一本期刊的信条是："给真正的美食家和爱酒之人，既有用又有营养，里面有各种月相、月食，亦有自制酱料"；刊中汇聚了上世纪二十年代游荡在巴黎的最放荡不羁的艺术家，譬如让·谷克多、马克斯·雅各布、马克·奥尔兰、劳尔·杜飞，以及埃里克·萨蒂——这个"嘲讽团体"中唯一的作曲家。

在《请入席!》一文中，萨蒂表达了他"对于烹饪艺术强烈的、毫不含糊的赞美"。他坦言："餐桌上的乐趣一点都不令我反感——恰恰相反，我对'餐桌'有一种敬意，甚至不止于此。对我来说，吃是一种义务——一项令人愉悦的义务，是一种度假；我向来以坚持不懈的精准和认真的态度来完成这项任务。"像往常一样，萨蒂仍在开玩笑，这为他轻快的语言晕染出了一道古怪的光环。

鳗鱼的眼神

他不喜欢什么？“那些处心积虑，故意显得技法高妙、手艺精湛的菜肴，因为它不是最能吸引我这个‘品尝者’的注意力的菜。在艺术上，我崇尚简约；在美食上也一样。”萨蒂曾这样说道。

他喜欢什么？“一只烤到七成熟的羊后腿”，而不是“酱料大师精心粉饰下的一块巧妙的肉制艺术品”。于是，就像在自己的曲谱中废除了小节线那样，埃里克·萨蒂也排斥酱料，并在很早以前就无意识地提出了“只用现成食材，不用酱料”的烹饪理论。

但他并没有多少机会去品尝美食，大多数时候，萨蒂都过着困窘的生活，并对朋友们隐瞒着这个事实。即便如此，他仍把自己仅有的钱都花在了食物上。“对我来说，一切都是为了嘴。”他如此宣称。他会把买来的肉送到自己常去的一家咖啡馆，请那儿的人煮给他吃，因为他不愿一个人吃饭。有时他会点一份自己尤为喜爱的鳗鱼。“我要上桌享用我的午餐了：鳗鱼藏在石头下[①]，友好地看着我，甚至带着一丝深情的温柔。我尤其喜欢吃凉鳗鱼。”他在给让·谷克多的信中这样写道。

他还极其喜欢圣奥诺雷泡芙，一种非常经典的糕点。他总是去

①法国有句谚语叫“石头底下有条鳗鱼”，意为“此事有蹊跷”。

同一位甜点师那里解馋，后者也亲切地称他为“我的圣奥诺雷顾客”。每当“财务有结余”时，他就享用一整块圣奥诺雷，还会购买自己精心挑选的雪茄烟。

德彪西小羊排

在连续的几年里，埃里克·萨蒂几乎每星期都会受邀到克劳德·德彪西家用餐。他在写给德彪西妻子艾玛的信中说，他“永远都会记得那些诱人的饭菜”和“善良友好的早餐”。

德彪西家的饭通常是由鸡蛋和小羊排组成的。“那是多么好的鸡蛋，多么好的小羊排啊！”萨蒂感叹，“我至今仍馋得咽口水——在心里面——您当然猜得出。”

亲手烹饪菜肴的德彪西则将自己的食谱当成绝对的秘密来保守。晚餐配上一瓶“美妙的波尔多白葡萄酒，喝过之后令人感动，恰如其分地带来了友谊的愉悦，以及远离‘蠢牛’‘顽固不化之人’和其他‘老古董’的惬意”。

这又是另一个故事了。

《爱丽舍宫的晚餐》

（声乐及钢琴曲）

总统谦恭有礼，

邀请我们伟大的法国画家们

来品尝油水丰富的菜肴。

听说那的确是一顿完美的晚餐。

浓汤之后，有萝卜和鱼子酱，

几乎就像邂逅……

香味扑鼻，酣畅的时刻，

七十四军团演奏的音乐，请您欣赏。

《马赛曲》！真正的法国国歌和颂歌！

直到此时，对话内容依旧贫乏。

总统妻子左边坐着恼人的莱格海军部长，

右边坐着让·保罗·劳伦先生，

她突然对美术部长说：

“您想来点龙虾吗？”

香味扑鼻，酣畅的时刻，

七十四军团演奏的音乐，请您欣赏。

《马赛曲》！真正的法国国歌和颂歌！

但很快，酒水就已见底，

（我们正吃到四季豆烤羊腿）

总统对他的儿子讲：飞快跑去杜佛街的那家酒馆！

给我找来十二瓶上等陈酿，

告诉他们，是我要的！

香味扑鼻，酣畅的时刻，
七十四军团演奏的音乐，请您欣赏。
《马赛曲》！真正的法国国歌和颂歌！

喝过咖啡，这灵魂的染黑剂，
先生们拿出最深挚的忠诚敬意，
恳请总统和他的妻子放心。
然后他们悄然离去，肚子饱胀，咕咕作响。

香味扑鼻，酣畅的时刻，
七十四军团演奏的音乐，请您欣赏。
《马赛曲》！真正的法国国歌和颂歌！

（作词：文森特·伊斯巴）

共进晚餐

与亨利·杜蒂耶

（1916 – 2013）

什么？这位曾经创作出最具高雅品位的音乐的作曲家，竟然只想着“吃”？他的妻子，钢琴家吉纳维夫·乔伊就时常这样半严肃半戏谑地评价他。的确，亨利·杜蒂耶是个讲究美食并懂得享受生活的人。

在他眼中，“吃”是一种珍贵的行为。但一日三餐之于他并不仅是为了充饥，更是生活的至高点：这是工作之余的放松和对自己的犒赏。根据日历上的节日和一周中的日期，他的菜单总是遵循着一成不变的惯例。

贪吃且饭量很大的杜蒂耶却从未猛增体重，这让仿佛气吹起来一般的罗西尼如入地狱。他的秘诀是什么？一间位于三楼没有电梯的公寓，对步行恒久不变的爱好，以及简单朴素的饮食习惯——的确，他青睐的是热量不过分丰富、不过于浮夸造作或时髦的美食：珍珠鸡配炖菜、白葡萄酒腌鲭鱼、马赛鱼汤、亲手做的番茄煎蛋，这些就足以让他心满意足。好一个雅致的亨利！

简化的马赛鱼汤

四人份所需原料

石斑鱼汤 1 千克　红鲻鱼 1 条（200 ~ 300 克）　江鳕鱼 200 克　狼鱼 200 克　龙腾鱼 1 条（200 克）　海胆 1 个　洋葱 1 个　茴香酒 100 毫升　面包片 4 片　浓缩番茄酱 1 汤匙　蒜泥蛋黄酱 4 咖啡匙　茴香 2 枝　藏红花粉 5 克　橙子皮 1 个的量　埃斯普莱特辣椒粉 3 克　盐、橄榄油、胡椒　大蒜 1 头

在炖锅中，用橄榄油煸炒洋葱和大蒜。放入石斑鱼汤、浓缩番茄酱、藏红花粉、茴香酒、茴香以及橙子皮，倒入刚好没过食材的冷水。煮至沸腾后，中火慢炖 1 小时，最后将煮好的原料用粉碎机打碎备用。

小心翼翼地将海胆打开。

片下各种鱼的鱼脊肉并切块。用少量鱼汤炖煮鱼块，然后放入 200 度的烤箱中加热 10 分钟。

摆盘

将鱼块和海胆均匀地摆放在深口盘中。

用烤面包机加工面包片，在上面擦上蒜并浇一层蒜泥蛋黄酱。

小贴士

这是一道简化版的传统马赛鱼汤。也可以在其中加入鲷鱼、海鳗、鲉鱼等。可以参考海鲜协会制定的鱼汤标准做法说明，以获得完整的配料单。

意式香滑炒蛋

四人份所需原料

鸡蛋 10 个　大蒜 2 瓣　黄油 100 克　平叶欧芹 1/2 束　油浸番茄干 12 块　橄榄油、盐、胡椒

把鸡蛋打进不锈钢搅拌碗中搅拌，放适量盐和胡椒调味。

在一个蒸煮锅内，加热熔化 20 克黄油，放入鸡蛋，再加入新鲜的黄油块，搅动翻炒至鸡蛋呈奶油状。

在 80 度的热油中浸入切好的薄蒜片，浸 3 ~ 4 分钟。之后取出蒜片，放在吸油纸上。将平叶欧芹也做同样的处理。

摆盘

在碗中倒入香滑炒蛋。

将油浸番茄干以及处理好的蒜和欧芹摆入碗中。

调味，并淋上几滴橄榄油。

小贴士

根据时节的不同，可用罗勒来替代香芹。

最好选择半油渍番茄干，因为它们更柔软可口。也可以自己制作番茄干。

浇汁烤珍珠鸡，炖菜

四人份所需原料

珍珠鸡鸡胸肉 4 块　生火腿 2 片　羽衣甘蓝 1 棵　鸭油 30 克　洋葱 1 个　珍珠鸡骨架 1 副　大蒜 1 瓣　浓缩番茄酱 1 咖啡匙　胡萝卜 1 根　百里香、月桂叶　橄榄油、盐、胡椒、黄油

在平底煎锅中热少许油，微煎珍珠鸡鸡胸肉（先煎带皮的一面），之后放入榛子大小的一块黄油，文火慢煎，注意保持肉的粉红色。备用。

将羽衣甘蓝切成小条，用加盐的沸水烫煮 3 ~ 4 分钟。之后沥干水，备用。

在炖锅中热鸭油，放入切成小丁的胡萝卜、切成细片的洋葱和月桂叶。放入羽衣甘蓝，继续烧煮，注意不要改变菜的颜色。用搅拌器将蒜瓣加 100 毫升水搅成汁后，倒入炖锅中。

将珍珠鸡骨架捣碎，用少量的橄榄油炒一下，使其略带焦黄色。之后放进百里香、浓缩番茄酱，加水，中火慢煮 45 分钟。煮好后，用小漏斗过滤一下，最后加入黄油使汤汁乳化。

摆盘

在盘中摆放羽衣甘蓝并调味。

放入切成细条的火腿片。

将珍珠鸡鸡胸肉摆在最上面。浇上一层汤汁。

小贴士

这个食谱是“炖菜”的简化版。也可以用其他白肉替代珍珠鸡。

精致的享乐主义者

亨利·杜蒂耶并不是忠诚于某一美食宗派的信徒，但这也不是什么缺点。他什么都喜欢：鱼类、甲壳类海鲜、禽肉、红肉、奶酪、红葡萄酒、白葡萄酒……从不设限，但却懂得稍加节制，每餐只吃到一定程度，好让自己能够继续赏鉴接下来的菜肴，品味接下来的人生。如果节日时吃到传统的美味，并能在当下的乐趣上叠加往日的美好回忆，他的味蕾就十分满足了。

于是，在杜蒂耶位于图莱讷地区康德－圣－马丹镇的房子里，早餐的进程总是恒久不变的：他 7 点起床，开始吃一天里的头一顿饭，这顿饭由茶、烤面包片、无盐黄油和果酱构成。他总是一个人用早餐，但一旁总有小鸟陪伴。“不是只有梅西安[①]才对它们感兴趣。”他打趣道。他不想被人打扰，也不想说话，只是看看鸟，听听鸟鸣。位于卢瓦尔河和涅夫勒河交汇处的这座房子脚下有一片小海滩，许多鸟儿在上空飞翔。他会向鸟儿投面包屑，以此来吸引它们的注意。

随后，他回到自己的房间，开始处理信件。10∶30 左右，他在楼梯里喊：“首脑会议！嘿，我们中午吃什么？”

---

①奥利维埃·梅西安，法国作曲家、风琴家，创作过钢琴曲《鸟鸣集》。

他经常在康德镇过圣诞节，除夕夜的晚餐也从不改变：生蚝、鱼子酱、白香肠配苹果、圣雅克扇贝配香槟酱。杜蒂耶喜欢往壁炉的炉火里投掷生蚝壳并以此为乐，生蚝壳在炉中爆裂，火花溅得到处都是——但这让他的妻子吉纳维夫·乔伊十分恼火。不过，新年那一天倒没有什么特别的仪式：他和吉纳维夫对这个节日完全无感，午夜之前就去睡觉了。

星期日的海鲜

周日晚上，杜蒂耶家吃鱼类和甲壳类海鲜。他常去巴黎中央菜市场的“猪脚餐厅”采购吉拉多生蚝、帘蛤、海胆（为吉纳维夫买的）、蛾螺（为经常来他家用餐的朋友罗伯特·纳佳买的）、配抹了黄油的面包片吃的小灰虾、配蛋黄酱吃的蟹钳肉，再为这顿海鲜搭配点密斯卡岱白葡萄酒。他会在生蚝上滴几滴柠檬汁。海鲜拼盘享用完之后，还会紧接着上一盘蛤蜊意面。

此外，杜蒂耶还去十四区达格尔街的达格尔海鲜店购物。接待他并为他打开生蚝的总是那个叫莫莫的店员：“怎么样，爷爷今天要来点什么呀？”这话总让杜蒂耶哈哈大笑。今天，莫莫还清晰地记得这位“爷爷”,因为“他总是明确地知道自己想要什么:吉拉多生蚝、黑线鳕鱼、鳎鱼，有时候也买鳌虾和大龙虾……”

星期六的蔬菜炖肉汤

亨利·杜蒂耶的日子总是一成不变地被一日三餐划出节奏，其中的早餐自然不可忽视，午餐和晚餐都分别包含头盘、主菜和奶酪。虽然他很喜欢朋友们从旅行中给他带回来的鱼子酱，但他的口味依旧极为简单朴素：头盘可能选择白葡萄酒腌鲭鱼、青鱼、樱桃萝卜、鱼汤配蒜香面包粒；主菜通常是珍珠鸡配炖菜、烤鸡、黑线鳕鱼、烤里脊、牛排或小羊排。没有一顿饭不是用奶酪作结的。他只喜欢牛奶做的奶酪，尤其偏爱马罗瓦勒奶酪、孔泰奶酪、卡蒙贝尔奶酪和圣奈克泰尔奶酪。此外，还会再配上波尔多葡萄酒——杜蒂耶虽然不是葡萄酒行家，却能品鉴一瓶好酒，也能欣赏一篇谈及酒醉的美文：他选择了波德莱尔的诗歌《陶醉吧！》来搭配声乐套曲《时钟的时间》，而这部作品也是他专门为女高音蕾妮·弗莱明所作的。

杜蒂耶并不喜好甜食，但挺喜欢贝蒂咏冰淇淋店的水果冰糕。他会根据颜色而非口味来选择冰糕，原因仅仅是看上去漂亮。黑加仑和百香果这个搭配可以说是他的最爱。

冬天一到，便进入了周六晚上吃蔬菜炖肉汤的惯例，这可是吉纳维夫大力推崇的。他们吃的是传统的“火上锅”，同时还要配上撇去油脂的浓汤、酸黄瓜、粗盐和三种肉:海番鸭、牛腿肉和猪排骨。桌上肯定还会有一盘骨髓，供他们配着烤面包片细细品味。

厨房里的作曲家

同所有真正的美食家一样，杜蒂耶对食物的喜好也常常伴随着亲手烹饪的愉悦。他是制作蛋黄酱的好手，喜欢非常浓稠的蛋黄酱。为了专心制作，他把自己关在厨房里，不许任何人在一旁观看。一旦失手做坏了——这是极其罕见的——他就火冒三丈。此外，他也喜欢按照老规矩用双层蒸锅做摊鸡蛋。然而随着时间的推移，杜蒂耶的食谱也发生了变化，他开始用平底锅摊鸡蛋，并会加入西红柿和蒜来调味。

杜蒂耶喜欢邀请那些爱吃之人共进晚餐，比如钢琴家布里吉特·昂热雷、委托他创作了大提琴协奏曲《遥远的世界》的姆斯蒂斯拉夫·罗斯托罗波维奇、钢琴家热尔梅娜·莫尼尔、音乐学家米莉安·苏马尼亚克和音乐评论家让·罗伊。他招待朋友们的菜就是著名的“杜蒂耶羊腿”。

这是一项需要两个人才能完成的工作：他去岛上圣路易街的卡尔迪勒肉铺买肉，剥蒜瓣，在羊肉上切口并塞进蒜块。他的妻子吉纳维夫负责放油和黄油，以及撒上普罗旺斯香草。他们从来不会忘记一条重要的规矩：在将肉放进烤炉之前，要提前很久把它从冰箱中取出来。羊肉上桌时要呈粉红色，配上新鲜的绿色四季豆和装在盒子里的菜豆。亨利尤其偏爱第一块切下来的肉，以及晾凉的羊腿肉，后者可供他次日配着自己做的蛋黄酱吃。

一些人只为喝开胃酒而来，譬如小提琴演奏家安娜–索菲·穆特和被他称作“小未婚妻”的蕾妮·弗莱明。原因是：他们房子的墙皮已经开始剥落，吉纳维夫和亨利有些为此感到丢脸。喝开胃酒时，亨利通常会来一杯黑加仑味的苏兹酒或加苏打水的威士忌——但不要单一麦芽威士忌，因为在他看来烟熏味太浓——再配上几个带切达奶酪夹心的可丽饼卷和一些开心果。

亨利先生

虽然一直小心地避免矫揉造作的派头，亨利·杜蒂耶还是很爱去餐厅，而且在很多家餐厅都有自己的习惯。譬如在圣路易岛酒馆，店里人习惯叫他“亨利先生”，而他习惯点一份腌酸菜。再比如蒙帕纳斯大街的穹顶餐厅，里面还挂着他的照片——他在那里邀请小泽征尔等音乐界名流共进晚餐。还有位于七区的小尼斯人餐厅，他会专门去吃那里的马赛鱼汤，一道深受他喜爱的菜。

他的口味没有疆域界限：他喜欢阿特拉斯山的特色美食塔津和库斯库斯——在银塔餐厅旁边的一个摩洛哥餐馆；卡鲁索酱意面——在特雷纳街的意大利餐厅，据埃里克·唐吉回忆，杜蒂耶对这家餐厅的菜单烂熟于心；还有伊佐美餐厅的鱼——一家位于圣路易岛上的日本料理店。

他的口味丰富多样而又自由随性。他在贝勒岛的卡斯特克拉拉酒店享受海水浴疗法时，曾为品尝禁忌的美味而逃离那里的食疗营养餐厅：这是一个不会被任何枷锁铐住的人。

推荐唱片

以下均为前文中涉及的作品

约翰·塞巴斯蒂安·巴赫

《非常安静，不能闲聊》“咖啡清唱剧”BWV 211

艾玛·卡比，大卫·托马斯，英国古乐学会乐团，克里斯多夫·霍格伍德（指挥）。琴鸟唱片。

《哥德堡变奏曲》BWV 988

皮埃尔·韩泰（羽管键琴）。米拉莱唱片。

尼古拉斯·安杰利驰（钢琴）。埃拉托唱片。

沃尔夫冈·阿马德乌斯·莫扎特

《吃、喝》“三声部卡农”K.234

维也纳男声合唱团。飞利普唱片（莫扎特全集第十二）。

《唐·乔万尼》

米瑞拉·弗蕾妮，玛蒂娜·阿罗约，理查·万·艾伦，殷格瓦·维克塞尔，皇家歌剧院交响乐团，科林·雷克斯（指挥）。飞利普唱片。

《单簧管协奏曲》K.622

莎朗·卡姆（单簧管），柏林爱乐乐团。柏林古典唱片。

路德维希·凡·贝多芬

《第九交响曲》（合唱）Op.125

拜罗伊特音乐节的合唱团和管弦乐团，威廉·富特文格勒（指挥）。华纳古典唱片。

《第十六号弦乐四重奏》Op.135

布达佩斯四重奏。索尼唱片。

弗朗茨·舒伯特

《鳟鱼》（艺术歌曲）D.550

伊恩·波斯特里奇（男高音），朱利亚斯·德瑞克（钢琴）。华纳古典唱片。

《美丽的磨坊女》D.775

乔纳斯·考夫曼（男高音），赫尔穆特·多伊奇（钢琴）。迪卡唱片。

《婚礼上的烤肉》D.930

玛丽斯·皮特森（女高音），沃纳·古拉（男高音），康拉德·贾诺特（男低音），克里斯多夫·伯纳（钢琴）。乐满地唱片。

《鳟鱼》五重奏（钢琴、小提琴、中提琴、大提琴和低音提琴）

D.667

弗兰克·巴雷利（钢琴），雷诺·卡普（小提琴），杰拉德·喀斯（中提琴），戈蒂埃·卡普（大提琴），阿洛伊斯·波施（低音提琴）。埃拉托唱片。

弦乐四重奏《死神与少女》D.810

耶路撒冷弦乐四重奏乐团。乐满地唱片。

六大进行曲和三重奏（四手联弹）Op.40 D.819

克里斯托弗·埃申巴赫和弗朗茨·贾斯特斯。华纳唱片。

焦阿基诺·罗西尼

《阿尔及尔的意大利女郎》

鲁杰罗·莱蒙迪，安娜斯·巴尔莎，恩佐·达拉，维也纳爱乐乐团，克劳迪奥·阿巴多（指挥）。德意志留声机唱片。

《坦克雷迪》

玛丽莲·霍恩，莱拉·库伯里，欧内斯托·帕拉西奥，尼古拉·扎卡利亚，凤凰剧院管弦乐团，拉尔夫·魏克特（指挥）。索尼唱片。

《偷东西的喜鹊》

伊莱安娜·科特鲁巴斯，卡洛斯·费勒，努齐·孔多，科隆爱乐乐团，布鲁诺·巴托莱蒂（指挥）。艺术豪斯唱片。

《威廉·退尔》

杰拉德·芬利，约翰·奥斯本，马林·比斯特龙，马丽－尼科尔·勒米厄，弗雷德里克·卡顿，圣塞西莉亚音乐学院乐团，安东尼奥·帕帕诺（指挥）。华纳唱片。

《老朽的罪孽：四份凉菜和四个干果拼盘》

亚历山德罗·马朗戈尼（钢琴）。纳克索斯唱片。

《小庄严弥撒曲》

塞西莉亚·加西迪亚，伯纳达·芬克，文森佐·拉·斯克拉，洛桑声乐合奏团，米歇尔·寇伯兹（指挥）。埃拉托唱片。

弗里德里克·肖邦

《波兰歌曲第四首：宴会》Op.74

乌尔苏拉·卡瑞格（女高音），查尔斯·斯宾塞（钢琴）。赫利俄斯唱片。

朱塞佩·威尔第

《法斯塔夫》

布莱恩·特菲尔，托马斯·汉普逊，丹尼尔·史托达，艾德丽安·皮埃克佐卡，柏林爱乐乐团，克劳迪奥·阿巴多（指挥）。德意志留声机唱片。

穆杰斯特·穆索尔斯基

《鲍里斯·戈都诺夫》

塞缪尔·拉梅，阿纳托利·科托彻加，谢尔盖·拉瑞，菲利普·兰格里奇，马里安·里波维赛克，柏林爱乐乐团，克劳迪奥·阿巴多（指挥）。索尼唱片。

《霍万斯基党人之判乱》（第三幕“啊，该死的醉鬼！”）

欧格尼特塞维，伊莉娜·阿西波娃，阿列克谢·克里维切尼亚，弗拉委斯科夫·皮亚沃科，维克托·尼切帕罗，阿列克谢·马斯连尼科夫，舍尔乐团，鲍里斯·凯基耐（指挥）。俄罗斯旋律唱片。

埃里克·萨蒂

《梨形曲三段》《四季豆国王的战争之歌》《杏仁巧克力圆舞曲》《他吃着他的奶油果酱面包片》《野餐》《骑乘小曲三首》

奥尔多·契可里尼（钢琴），萨蒂钢琴曲全集。华纳古典唱片。

《爱丽舍宫的晚餐》

加布里埃尔·巴魁尔（声乐），保罗·桑托斯（钢琴），埃里克·萨蒂音乐集。《读者文摘》音乐唱片。

亨利·杜蒂耶

《时钟的时间》

蕾妮·弗莱明，法国国家管弦乐团，小泽征尔（指挥）。迪卡唱片。

大提琴协奏曲《遥远的世界》

罗斯托波维奇，巴黎管弦乐团，塞尔日·鲍多（指挥）。华纳古典唱片。

《夜颂》

布里吉特·昂热雷（钢琴）。舒伯特和李斯特作品集（为纪念杜蒂耶的好友布里吉特·昂热雷）。

图书在版编目(CIP)数据

莫扎特，请入席 / (法)米歇尔·波尔图，(法)娜塔莉·克拉夫特著；(法)埃尔维·勒菲弗尔摄；田晶译. — 天津：百花文艺出版社，2016.10
ISBN 978-7-5306-7031-6

Ⅰ.①莫… Ⅱ.①米…②娜…③埃…④田… Ⅲ.①散文集－法国－现代 Ⅳ.①I565.65

中国版本图书馆CIP数据核字(2016)第161336号

版权登记图字：02-2016-99

莫扎特，请入席
(法) 米歇尔·波尔图　娜塔莉·克拉夫特 著
(法) 埃尔维·勒菲弗尔 摄
田晶 译

出 版 人　李勃洋
出 版 方　百花文艺出版社
地　　址　天津市和平区西康路35号　　邮编 300051
电话传真　+86-22-23332651 (发行部)
　　　　　+86-22-23332656 (总编室)
　　　　　+86-22-23332478 (邮购部)
主　　页　http://www.baihuawenyi.com
发 行 方　新经典发行有限公司
　　　　　电话(010)68423599　　邮箱 editor@readinglife.com
经　　销　新华书店

责任编辑　郭　瑛
特邀编辑　马秀琴　沈　悦
装帧设计　宋　璐
内文制作　王春雪

印　　刷　北京汇林印务有限公司
开　　本　880毫米×1280毫米　1/32
印　　张　6
字　　数　90千
版　　次　2016年10月第1版
印　　次　2016年10月第1次印刷
书　　号　ISBN 978-7-5306-7031-6
定　　价　39.50元

CAFE